U0755594

明理故事
MINGLI GUSHI

善待别人 善待自己

《明理故事》编委会 编

四川科学技术出版社

图书在版编目（CIP）数据

明理故事·善待别人　善待自己/《明理故事》编
委会编.—成都：四川科学技术出版社，2016.5（2017.5重印）
　ISBN 978-7-5364-8287-6

　Ⅰ.①明…　Ⅱ.①明…　Ⅲ.①故事—作品集—世界
Ⅳ.①I14

中国版本图书馆CIP数据核字（2016）第012946号

明理故事·善待别人　善待自己

MINGLI GUSHI·SHANDAI BIEREN SHANDAI ZIJI

编　　者　《明理故事》编委会

出 品 人　钱丹凝
责任编辑　肖　伊　郑　尧　欧　涛　陈敦和
封面设计　法思特设计
责任出版　欧晓春
出版发行　四川科学技术出版社
　　　　　成都市槐树街2号　邮政编码：610031
　　　　　官方微博：http://e.weibo.com/sckjcbs
　　　　　官方微信公众号：sckjcbs
　　　　　传真：028-87734039
成品尺寸　168mm×238mm
印　　张　10
字　　数　180千
印　　刷　四川省南方印务有限公司
版　　次　2016年5月第1版
印　　次　2017年5月第2次印刷
定　　价　28.00元
ISBN 978-7-5364-8287-6

邮购：四川省成都市槐树街2号　邮政编码：610031
电话：028-87734035　电子邮箱：SCKJCBS@163.COM

版权所有　翻印必究

前言
PREFACE

　　人世间的美好不仅是来自我们创造的这个物质世界，更是来源于我们每个人内心流露的真诚与善良。尤其是社会交往中，由于受各种因素和环境的影响，我们常常会遇到很多的麻烦与挫折，甚至还会遭受误解和委屈。经历了风风雨雨几番挫折的磨砺，渐渐地我们就会明白，美好的心态与良好的人际关系决定着人生的幸福，我们只有在善待自己、善待他人的时候，才能让生命之舟在生活的海洋中乘风破浪的同时也享受蓝天大地，享受太阳与鲜花，享受我们生命本身的美好。

　　美好的心境总是与分享快乐连在一起。你只有真诚地对待别人，别人才会真诚地对待你。打开心扉，伸出你的双手，善待别人是人世间最美好的情怀，就像是我们生命中温暖的阳光，散发着无穷的热量。

　　境由心生，请打开心灵中那扇快乐的窗户，以一个积极乐观的心态面对生活。学会微笑着面对生活，拥有一颗宽容善良的心灵，就能够转化那些苦难的流向，使你能够把遇到的那些坎坷与挫折，变成生命中各种宝贵的营养。如果有些矛盾是无法避免的，那么就请体谅他人的难处。请不要记恨与报复，而应借助那些负面因素所形成的反推力，来激发我们内在的强烈意识，使它变为我们走向成功的动力。我们要及时地缓解释放内在的紧张和压力，在应对失败和险境面前，始终都保持冷静平和与快乐，随时准备迎接命运的挑战。

　　本书为读者精选、收集了古今中外大量妙趣横生、耐人寻味的精彩故事。为了便于读者在鉴赏与品味中更好地理解、领悟和体会，我们把全书共分成八章，以乐观、分享、真诚、宽容、谦逊、信任、仁义、善良、舍得、助人等美好品德为内容，为您展示不同的品格与性情对人生的不同影响，娓娓道来那些激励人心的动人故事。

　　请把这本书中所传达的美好感受告诉你的朋友、同事和家人吧，请与所有的人分享你收获的快乐！希望通过这本书，为你打开一扇充满阳光的大门，使你在善待生命的过程中，把自己融入到人群中去，享受真诚的信任与善解人意的宽容，享受人性中所有美好的品性给你带来的美好感受。

目录

CONTENTS

✳ 心儿打开，手递过去

✳ 微笑着撑过去，就是胜利

✳ 善良融化妒忌的坚冰

❋ 心美一切皆美

笑着活下去

高兴的时候要笑，痛苦的时候也要笑；得意的时候可以笑，失意的时候还是要笑；阳光灿烂时你在笑着，风雨突来时你也要保持着笑意……学会微笑着面对生活，开心地把自己的事情做好。

身体是个无价宝

孙苍兰近来的情绪已经低落到极点，家庭生活和工作中的一些烦恼总是给她带来很多的不顺心。她的那些不好的情绪使她变得郁郁寡欢，几乎完全丧失了活下去的勇气。

这天，孙苍兰的一位朋友在路上忽然遇见了她，发现她的神情显得格外沮丧，多次关切地询问缘故，才知道她刚刚因工作失误，被老板狠狠地批评了一顿，她感到无地自容。

"唉！生活真的一点意思都没有，再见了……"孙苍兰只有长长的叹息，她甚至都不想再对朋友倾诉自己的那些烦恼了。面对她绝望的话语和黯淡的眼神，朋友立刻有一种不祥的预兆，猜想她可能已经作出了某种可怕的决定。朋友感到非常的不安，一时怔在那里，不知道说什么才好，而他的大脑却在飞快地想着，希望能有什么办法唤回这位执拗的朋友对生命的信念。可是，怎样才能彻底改变她那可怕的想法呢？

过了好一会儿，这位朋友才急匆匆地追上正在慢慢离去的孙苍兰，直截了当地问道："孙苍兰，如果你真要选择自杀的话，那我也不拦你。不过，我有一个小小的请求，你必须答应等我一个月之后再去自杀好吗？"

孙苍兰感到很意外："等你一个月？为什么要等这么久……哦，你这是'缓兵之计'，我明白，你是想让我降下火气，以为我心平气和的时候就会打消自杀的念头。可是那又有什么用呢？我确实已经活够了，你就不必再费心劝我了！"

"不，苍兰，我不是这个意思。这一个月的时间不是留给你的，而是我需要用这一个月时间帮你准备一下后事！既然你那么想死，既然你不想再要自己这个身体了，那如果你能给你的孩子和亲人留下点什么，岂不是更好吗？从现在开始，我就要四处帮你打听，好找到一些买家。"朋友一脸认真，严肃地说。

孙苍兰更加疑惑了："'买家'？什么'买家'？买我什么啊？"

"当然会有买家的！你看你的视力一直都很好，可以把你的眼角膜移植给那些失明的人；你的皮肤十分的细腻而又富有弹性，可以卖给那些大面积烧伤、需要植皮的人；你的身体也始终都是那么的健康，可以把你的内脏器官卖给那些需要它们的人吧！既然你一定要寻死，那这些东西对你来说也就没什么用了，但是对那些想活下去的人来说可都是难得的无价之宝呢！所以你身上的这些东西可千万不要浪费了，我帮你把它们卖给别人，至少能得到数百万元，就当是给你的亲人们造福吧，这样你也就彻底无牵无挂了。"

孙苍兰听了朋友这番她闻所未闻过的话，一下子就呆住了。好半天，她才恍然大悟，猛

然间号啕大哭起来，可是她不但没有一点哀怨，还紧紧地抱住朋友开心地说道："天啊！我有这么好的身体，自己却从来都没有想到过……为什么我不能好好地珍惜呢？谢谢你，谢谢你让我明白了这一切！"

孙苍兰擦干了眼泪笑着握住朋友的手说："放心吧，不管以后的生活会怎样，就算遇到再大的困难，我都会好好地活着！"

生活小智慧 SHENGHUO XIAOZHIHUI

无论生活给予我们的是什么，我们都应该好好地活着。就像一块蕴藏着宝石的矿石，如果低着头放在自己手里，只会觉得是那样的暗淡无光。只有你抬起头换个角度，才能发现它那深藏的美丽光芒。人也一样，只有时不时地变换一种视角，才能认清自己真正的价值。

老人与他的两只渔鹰

有位老人再也经不起海里的风吹浪颠，就守候在海滩，准备利用渔鹰来维持生计。可是训练渔鹰却不是一件简单的事情。

他首先在海边搭起一座新的泥铺子。不久，泥铺的苇席顶上，就飞来一黑一灰两只小渔鹰。疲惫无奈的日子，使黑鹰和灰鹰也在屋顶待腻了，它们就钻进泥铺里来与老人做伴。老人左手托着黑鹰，右手托着灰鹰，眼神里孕育着希望。

他开始训练渔鹰。他先用两根布条分别把两只鹰的脖子扎起来，直到饿得鹰嗷嗷叫了，他才端出一只盛满鲜鱼的盘子，两只鹰立刻扑过去吞鱼，喉咙处便鼓出一个疙瘩。鹰叼了鱼吞不进肚里又舍不得吐出来，憋得咕咕直叫。这时老人先用一只手攥着鹰的脖子将它拎起来，再用另一只大手捏紧鹰的双腿，让鹰头朝下一抖，然后把攥着鹰的脖子的那只手腾出来，拍一下鹰的后背，使鹰不得不把脖子里的鱼吐出来。训练鹰的时候，老人对两只鹰没有一点手软，老人的脸上一直毫无表情。

海边天气说变就变。老人住的泥铺忽然被风摇塌了，等老人明白过来时早已被重重地压在废墟里。黑鹰和灰鹰抖落一身的厚土，钻了出来，嘎嘎叫着。黑鹰如得到了大赦似的闪电般钻进夜空里去了。灰鹰却没去追那只黑鹰，它围着废墟转来转去，悲哀的一声声叫着。

老人被压在废墟里，喊不出话来，只能拿身子拱一拱。聪明的灰鹰瞧见老人的动静，便俯冲下来，立在破席片上，扑扇着双翅，刮动着浮土。不久后，老人便看到铜钱大的光亮。他通过灰鹰翅膀刮出的小洞呼吸，终于活了下来。灰鹰又设法引来村民救出了老人。老人看着灰鹰，泪流满面。

大半天后，黑鹰才疲惫地飞了回来。于是老人重搭泥铺，继续训练鹰。看见灰鹰饿得咕咕叫的样子，老人开始心疼了。他开始对灰鹰手下留情，时而解开灰鹰脖子上的红布带子，让小鱼滑进灰鹰肚子里去。对于黑鹰，老人并没有怪罪它，依然用着古老的训鹰之法，只是依然从不留情。一次，他给黑鹰脖子上的绳子扎松了，小鱼缓缓在黑鹰的脖子里往下滑，老人一发现，就立刻拽起黑鹰，并用手顺着黑鹰脖子往上撸，直到撸出鱼才停手，弄得黑鹰一阵惨叫。灰鹰吓得不住地颤抖。

半年后，渔鹰终于训练好了。老人很神气地划着一条旧船出征了。到了海汊子里，灰鹰孤傲地跳到最高的船木上，黑鹰也跟着跳上去，却被灰鹰挤了下去。不仅如此，灰鹰还用嘴去啄黑鹰的脑袋。黑鹰反抗却又被老人责打……

可是，到了真正逮鱼的时候，灰鹰就蔫了。黑鹰真行，它按照主人的唿哨儿一扎进水里就能叼上鱼来。可灰鹰却半晌也逮不上鱼，只是围着老人抓挠着。老人毫不客气地骂了一句，挥手将它扫到了一边。灰鹰气得咕咕叫，感到很羞愧。

老人慢慢地就对灰鹰态度冷淡了。灰鹰老是逮不上鱼，生存就全靠了黑鹰，于是黑鹰在主人的面前占据了灰鹰的地位。渐渐地，灰鹰实在是受不住了，就在老人脸色难看时飞离了泥铺子。老人却不明白灰鹰为何出走，从黄昏到黑夜，他都带着黑鹰到处找灰鹰，召唤的口哨声在野洼里起起伏伏，可是他们仍没找到灰鹰。老人胸膛里像塞了块东西般堵得慌，因为他知道灰鹰不会打野食儿吃，灰鹰离开他很可能会被饿死。

　　不久，老人在村里的一片苇帐子里找到了灰鹰。灰鹰死了，是饿死的，身上的羽毛几乎秃光了，肚子已经被黑黑的蚂蚁盗空了。老人的手颤抖地抚摸着灰鹰的骨架，默默地落下了老泪。他一直认为自己对黑鹰的要求近乎苛刻，却没想到自己的不忍却害死了灰鹰。

生活小智慧
SHENGHUO XIAOZHIHUI

　　感谢那些折磨你的人吧，正是他们那看似过分的严苛要求，才促成了我们的健康成长。要把命运的折磨当作对我们人生的考验，只有忍受磨砺的苦楚，才能品尝到成功的甘甜……

真正的男子汉

　　怎么才能把儿子培养成一个真正的男子汉呢？这个问题真是让做父亲的费尽了脑筋。儿子都已经快16岁了，可是他还是像儿时那样木讷与内向，一点也不似父亲心中所希望的那样，成为一位生龙活虎的棒小伙。父亲绞尽脑汁之后终于想到，应该把儿子送到一位拳击手那里，让他来帮助塑造儿子的男子汉气概，因为在父亲看来，拳击手可是天底下最配得上"男子汉"这个称号的。

　　当他把儿子带到拳击手的面前时，拳击手对他说："当然，这并非不可能，但是你必须首先答应一个条件：他可以留在这里，但是半年之内你不许见他。半年之后，我就还给你一个真正的男子汉。"父亲高兴地答应了这个条件。

　　半年之后，父亲来到拳师这里。可是当他看见男孩时，他的心里很是疑惑：儿子看上去还是那么柔弱腼腆，似乎并没有什么改变。

　　拳击手坦然一笑，对心有失望的父亲说："好吧，我现在就安排一场拳击比赛，来证明这半年来的训练成果，请你看看好了。"说着，拳击手便与男孩对打起来。可是结果让父亲大失所望，因为只要每次拳击手一出手，男孩都应声倒地……只不过，他总是刚刚倒下去，便又立即顽强地站起来。就这样反反复复几十次之后，拳击手停下来问父亲："怎么样？你还满意吗？"

父亲却满脸都是羞愧之色，看上去，他已经忍无可忍，那样子简直都想立刻从房间里逃出去了："我真是无地自容，我怎么会生出这么一个儿子来呢！被您这样的大师训练了半年，没想到他还是这么不经打，一拳便被打倒……唉，看起来，他这辈子都没什么希望成为一个真正的男子汉了。"

"不！"拳击手立刻很坚决地否定道，"难道你没看到吗？他现在已经是一个真正的男子汉了！我很遗憾你只看到了他倒下，而没有看到他每次都重新站起来！要知道，这种重新站起来的勇气和毅力，才是真正的男子汉气概！你看，我打了他几十拳，却依然都没有能够把他打倒，所以他赢了，我输了！"

父亲脸上的尴尬顿时一扫而光，他开始用骄傲的眼光注视着他那男子汉一般的儿子。

生活小智慧
SHENGHUO XIAOZHIHUI

一个人摔倒了，能否重新站起来，这才是人生成败的关键所在。胜与负实际上都是表面现象，如果每一次摔倒后你都能顽强地站起来，那么最后的胜利者就一定会是你。也就是说，只要站起来的次数比倒下去的次数多一次，那就是成功者。

89岁老太渡大洋

　　海伦的父亲拉罕姆是一个非常优秀的弄潮儿，他的人生梦想就是以最快的速度驾舟横渡1.28万公里的大西洋。受父亲的影响，海伦很小的时候就爱上了船，到了11岁时，她已经是一个划船高手。她非常迷恋驾着一叶孤舟纵横水上的感觉。

　　在海伦23岁那年，拉罕姆决定实施一个伟大的横渡计划，但他拒绝带着一心想与他同行的海伦上路，因为他担心在大海上变幻莫测的危险会吞噬心爱的女儿。就这样，拉罕姆只身登舟，不久，一项新的吉尼斯世界纪录就在他手中诞生了。

　　从此，海伦的心就总是在那一片辽阔的大海上摇曳着。当一个叫约翰的青年驾着一艘自己设计的帆船向她驶来的时候，她毅然嫁给了他。她开始寄希望于自己的爱侣，希望能与他一道去享受那1.28万公里的蔚蓝。然而，水波不兴的甜美生活，羁绊住两人的手脚，他们的那条帆船从此停靠在岸上，做起了与水无关的梦……父亲拉罕姆走了，之后丈夫约翰也走了，转眼就有十一个孩子追着海伦喊祖母了。

　　海伦重新走向那条闲置已久的帆船，她知道，如果再不行动，她的梦想今生今世就再也无法实现了。在2000年8月里的一个阳光灿烂的日子，89岁的海伦只身离开了英格兰，开始了她梦想已久的大西洋之旅。

在那海天一色的蔚蓝中，她梦见了自己离别已久的父亲。她沿着他当年的航道，追随着他当年的足迹。在死神的衣袂飘忽的大海上，她没有给畏惧丝毫的权利和位置，与那差不多一辈子的梦想相比，毕竟，这风浪显得也太微不足道了。

海伦成功了！她以"最年迈的老人驾舟横渡大西洋"，刷新了一项新的世界纪录！而最让她高兴的是她终于圆了自己一生的梦想。

海伦成功了，她在89岁时终于实现了她的梦想。她的成功告诉人们，对于一个89岁的老人来说，即便是横渡大西洋，也并非是一个可望而不可即的梦想。为了这个梦想，她等了整整66年！好在最终她明白，一味地等待只会一事无成，唯有从现在开始抓紧时间，不断努力，才能实现自己的梦想。

一个人如果凡事只停留在思考阶段，空有梦想而不付诸行动，那么他永远只能是一事无成。要想实现梦想，其实很简单：只需要你从现在就开始着手，然后一点一滴地积极去做，只要你能把握当下，从现在做起，那么你与成功的距离就会越来越近。

他用双脚改写人生

　　蔡耀星是台湾花莲泰雅族人，由于他的家境贫穷，小学一毕业就当了学徒。在他16岁那年，他在一次工作中误触高压电，伤势非常危急，好几家医院都拒收，连医生都摇头说"没救了"。几经辗转，他终于进入了一家医院，才算从死神的手中抢回一条命来，但是他双手全被截去，注定一辈子都是一个"无臂残障者"。

　　一下子变成一个"无臂人"，这真是晴天霹雳啊！然而祸不单行，父亲又因车祸过世，母亲只好改嫁，妹妹也远嫁他乡，莫大的房间里，只留下蔡耀星一个人独居……

　　可是人还是要活下去啊！没有手，怎么吃饭？他就去看狗儿是如何吃的，他学着狗那样，直接用嘴吃饭！没有手，怎么穿衣服？他学会了用嘴巴、用脚趾头，慢慢地终于将衣服套上！穿裤子呢？他利用树木分叉的枝丫来钩住裤子，以方便他顺势起身，将裤子套上……在蔡耀星的家中，姐姐、姐夫为他钉了好多的钉子，还安装了其他的"暗器"，来协助他完成每一件事情。

　　蔡耀星慢慢地练就了"万能双脚"，像那些洗头、洗脸、刷牙、写字、拿书、拿电话、梳头、擦屁股……全都是靠着他的双脚来完成的！就连洗米、煮饭、切菜、切肉，也都是用他的双脚来操作。日久天长，蔡耀星练成了一"脚"的好功夫，而且已经是"神乎其技"了。这就是蔡耀星用自己极度的辛酸才取得的成就……

　　眼中闪耀着期盼与梦想的蔡耀星，对前来采访他的记者说："我相信'意念的力量'，我要坚定目标！小时候我身体很好，因为我是靠养鸡鸭、捡蜗牛为生的，在做这些事的同时我也锻炼了我的身体。现在我还是要天天训练自己的体力，我可以在水中游、在路上走、在沙滩上跑，我不管别人怎么看我，但我一定要为自己而活！希望有一天，我能参加残疾人奥运会，这是我最大的梦想！"

　　蔡耀星的这个梦想并不是随便说说而已，因为他无师自通，他参加了台湾的运动会，成为蛙式50米、100米，仰式50米的金牌得主，被好多人赞为"无臂蛙王"。

　　取得各种成就的蔡耀星一直有着继续接受教育的梦想。在台湾花莲县教育局的协助下，蔡耀星开始读夜校。他每天都风雨无阻坚持上学，他用脚趾敲键盘、用脚捧着书读、用脚答解考卷……就是这样，蔡耀星用自己的双脚挺住了多舛的人生。

　　蔡耀星说："不要看我失去了什么，只看我还拥有什么！"他的这句话，是值得我们每一个肢体健全的人去深思的。在多场的学校演讲中，蔡耀星告诉年轻的学子们："人生充满希望，只要认真去做就对

了！"他说："与其愁眉苦脸地走过一天，不如快快乐乐地度过每一天！"

蔡耀星的命运是悲惨的，但他却用生命中这副极差的牌，打出了一个令人羡慕的结局，实在是让人刮目相看！蔡耀星真不愧是一位"用脚改写人生，游出生命金牌"的无臂蛙王！

生活小智慧
SHENGHUO XIAOZHIHUI

如果无法避免苦难的降临，那么就敞开胸怀迎接它吧！懦弱的愚昧者面对苦难总是垂头丧气，甚至丧失了生活的勇气；勇敢的智者面对苦难，却把它看成是对人生的挑战，不但能够坦然接受，还会想方设法去化解这些苦难，从而演绎出更加精彩的人生。

抱着导盲犬跳伞

　　那是一个星期天，天气十分晴朗，差不多有十几个人，穿戴得整整齐齐，精神抖擞地站在机场上，准备进行高空跳伞训练。

　　忽然，在一只导盲犬的引领下，一位盲人也背着降落伞向他们走来了。人们睁大了眼睛，有人小心地问道："你也是来参加跳伞训练的吗？"

　　"是的！"盲人洪亮的声音里没有半点迟疑，他坦然地回答道 。

　　"呵——"顿时，人们的嘴张得大大的，有人忍不住发出了一声轻轻的惊呼。

　　"我知道，你们是在想我一个瞎子怎么跳伞吧？"盲人很开朗地大笑起来，看起来他一点也不觉得自己"看不见"是一件烦恼的事。看到盲人如此的爽朗，众人立刻就七嘴八舌地问了起来："是啊是啊，你怎么跳啊？"

　　"那有什么困难的，我跟你们一样就行了啊！"盲人以一副"理所当然"的口气说道。

　　有人不解地问他："可是，你怎么知道什么时候开始跳呢？"

　　"哈哈，我虽然看不见，可是我能听见啊！开始跳伞的警告广播一响起，我就抱着我的导盲犬跟着你们一起排队往下跳呗。"盲人坦然地回答道，他的态度和理由让人无可挑剔。

有人又追问道："那……你怎么知道什么时候该拉开降落伞呢？"

"教练不是说了吗？从跳下的一刻开始数，数到'5'的时候拉开就可以了啊！"盲人的回答中，没有一点点的不自信。

还有人很不放心地问道："但是，落地的时候呢？你怎么知道何时落地啊？那可是跳伞最危险的一刻！"

"这个就更简单，当我的导盲犬吓得歇斯底里地乱叫，同时我手中的绳索变轻时，我就做好标准的落地动作，这一切不就都解决了吗？"

众人你看我，我看你，再也没有人提出问题，全都哑口无言了。那天的跳伞训练完毕后，教练对大家说："在这次训练中，动作最标准、最从容不迫，得分最高的人，是张荣。"

"张荣？张荣是谁？"大家不约而同地问。

"就是他。"教练指了指年轻的盲人说。

生活小智慧
SHENGHUO XIAOZHIHUI

战胜内心深处"我不能"的潜意识，那么任何人都可以做到无往不胜。那些看起来无法克服的障碍，往往都是虚张声势的纸老虎，只要你以自信的刀剑笑对它们，任何苦难都会顷刻瓦解。其实最难以突破的局限和束缚，永远都在我们自己的心里面。

笑着活下去

有个女孩儿天生丽质，谁见了都啧啧称叹："这丫头细皮嫩肉的，真是个美人胚子！"果然，她越长越漂亮，柳叶眉杏核眼，樱桃小口一点点。可惜阴差阳错，嫁给了一个体弱多病的男人。这男人花光了父母留下的家业，身体却还是没有转机。她自怨自艾，常常蓬头垢面地坐在家中愁眉苦脸，自叹命苦，还怨天怨地，心无一日安宁。

生活暗淡无光，而她也心灰意懒。每天，她的心情基本上被两种情绪控制着：不是发怒就是发愁，所以她的表情，无非就是两眼圆睁、柳眉倒立，或者眉心扭结、嘴角下撇。久而久之，她美丽的容颜渐渐变得憔悴不堪，皱纹也悄悄地爬上了额头。

离这个女孩家不远处住着一位与她年龄相仿的丑丫头，黑黑的皮肤、黄黄的头发，瘦骨嶙峋的样子，实在看不出哪里有一点美丽。再加上当时她家的家境非常贫困，父母体弱多病，所以她只能早早挑起生活的重担，饱受生活的艰辛与磨难，但这些却锻炼了她坚忍不拔、吃苦耐劳的品格。

她嫁给一个穷得叮当响的穷光蛋，连个栖身之处也没有，只好住在娘家。她东挪西借好不容易才盖好房子，结果没住上两年，就被新进门的弟媳妇一脚踢出门去，没办法，两口子只能口挪肚攒的，再次筹钱盖房子。

旧债未还添新债，两口子不得不咬着牙继续打拼。丈夫长年只身在外边跑买卖，女人只能独自承担家里十几亩农田的劳作，而且还养了一大群鸡鸭鹅。两个相差两岁的孩子，也几乎是她一个人一手带大的，肩上的担子可想而知。她一天忙到晚，播种锄草、给庄稼掐尖打杈、割麦扬场，经常顶着三伏的烈日做那些没完没了的农活，还要四处张罗盖房子。

好不容易才又盖起一处漂漂亮亮的大房子，一切都收拾妥当，全家人喜滋滋地搬了进去。儿子却心有余悸地问："妈，我们会不会又被人家赶出去啊？"她笑着说："这可是咱自己家的地盘，谁敢啊！"没料想，他们盖房的时候没注意，新房子压在了规划线上，要求立刻拆迁。她痛哭流涕，却毫无办法，只有面对现实，咬着牙说："拆！拆了重盖！"

转眼十几年过去了，虽然一直在这样艰苦难熬的日子中摸爬滚打，这个女人却总是笑呵呵的。她常说："笑也是一天，哭也是一天，生活已经很苦了，我要是再哭，那可怎么过日子呢？不管怎么样，我也一定要高高兴兴的生活着！"

就这样，孩子们渐渐地长大成家，两个女人也老了。这两个儿时的邻居有一天忽然见面了，当她们坐在一起时，才发现岁月在她们的脸上留下了完全不一样的痕迹：曾经的丑丫头如今却好似温暖如春的笑面菩萨，而昔日的小美女，却显得那样的憔悴不堪、苍老疲惫，满脸都是纵横交错的皱纹。

　　曾经的漂亮女孩很是奇怪：为什么她面前这个昔日的丑丫头一生跌宕起伏，几乎天天都在苦难中挣扎着，却会越老越添风韵，成了一个魅力十足的漂亮老人，而自己的一生风平浪静，只不过对生活不满意罢了，而时间却在她的脸上刻满了刀光剑影？最后通过交谈她终于明白，什么叫"相由心生"。

生活小智慧
SHENGHUO XIAOZHIHUI

　　生活就像人生的一面镜子，你始终用笑脸面对，它就会还你一个恒久温暖的笑脸；你总是用哭脸相对，那它就会把这张哭脸毫不吝啬地贴回到你的脸上。由此可见，无论再怎么艰难，即便处在痛苦之中，为了美丽的人生，我们也要以心灵的力量笑着走过！

老萨挑战极限

　　有一位叫老萨的青年，他感到自己的生命里尽是些无聊和痛苦，实在是厌倦了日复一日平淡无奇的生活。为寻求全新的感受，老萨就参加了一个挑战极限的特殊活动。

　　主办者为每个参与者设计了不同的方案。老萨被关在了黑暗的山洞里，无光无火亦无粮，只给他供应5千克的水，时间为120小时。这就是说，他要一个人在这里熬过整整五昼夜。

　　四周漆黑一片，听不到任何声响。第一天，老萨还心怀好奇，颇觉刺激。

　　到了第二天，饥饿、孤独与恐惧一齐向老萨袭来，于是他有点向往，在那些平淡无奇的日子里，他的那些无忧无虑的感觉来。

　　老萨想起了乡下的老母亲，千里迢迢风尘仆仆地赶来看他，只为给他送一坛韭菜花酱，给小孙子送一双亲手缝制的虎头鞋……

　　老萨想起了终日相伴的妻子，想起她在寒夜里，为自己掖好被子的那一瞬间……

　　老萨想起了宝贝儿子，刚刚蹒跚学步，就摇摇晃晃地为自己端来一杯水。

他甚至想起了与他发生争执的同事，曾经给自己买过一份很好吃的工作餐……

老萨渐渐地后悔起自己平日里对生活懒散的态度来：每天敷衍了事、冷漠虚伪、无所作为……

第三天，老萨饿得几乎挺不住了。可是一想到人世间的种种美好，他觉得自己一定要回去，于是老萨便坚持了下来。到了第四天、第五天，他仍然在饥饿、孤独和对死亡的极大恐惧中反思过去，向往未来。

他痛恨自己竟然怎么也想不起母亲的生日；他遗憾在妻子分娩的时候，自己并未尽到照料的义务；他后悔曾经听信流言，与多年的好友分道扬镳……老萨这才发现，需要自己去努力弥补的事情竟是那么多。可是，此时的老萨挣扎在死亡线上，甚至连他自己也不清楚，他到底能不能挺过这最后一关。

就在他百感交集、涕泪交流之时，忽然洞门开了。美丽温暖的阳光一下子就照进这漆黑的洞里，白云就在他的眼前飘动，老萨甚至闻到空气中飘散着淡淡的花香，耳边是那么悦耳的鸟鸣——他终于又迎来了美好的人间。

老萨摇摇晃晃地走出了山洞，他的脸上浮现出多年来极其少见的一丝笑容。五天来，他一直用自己的心在反复地说着一句话，那就是：活着，就是最大的幸福！

人对生命缺少感激，源于人在心灵上难以满足，对生命有太多的抱怨。没有死的悲伤就没有生的喜悦，洞悉了生与死的本质，就不会为终究要死去而坐立不安，而只会为生存的每一天喝彩。当一个人能从心底对自己的生命充满感激时，快乐自然会与之相伴。

提炼自己的芳香

有一个内心充满成功渴望的年轻人，很希望自己能够作出一番成就来。于是他鼓足勇气去做了很多事情。但是，他发现每件事情都做不好，渐渐地，他就对自己失去了信心，结果空忙了很久却一事无成。于是，他感到很自卑。

他慕名前去拜访一位成功的长者，希望从长者那里获得一些成功的启示。在见面略谈之后，他向长者问了这么一个问题："为什么别人通过努力所得的结果总是成功，而我努力的结果为什么每一次都会是那么的糟糕呢？"

长者微笑着摇了摇头，反问他说："你的确是很努力，但是……这样吧，如果我现在送给你'芳香'这两个字，请问，你首先会想到什么呢？"

稍作思忖，年轻人回答说："我首先会想到糕点，虽然我开办了不久的糕点店已经在前些日子停业了，但是面对这两个字，我仍然首先会想到那些芳香四溢的糕点。"

长者点了点头却没再说什么，而是带着他去拜访他的一位动物学家朋友。在见面后，长者也问了对方一个相同的问题。动物学家回答说："这两个字，首先会使我想到，我眼下正在研究的这个课题——在自然界里，有不少奇怪的动物，它们利用自己的身体散发出来的某种芳香作诱饵，去捕捉食物。"

之后，长者又带着年轻人一起去拜访一位画家朋友，同时也问对方这么一个相同的问题。画家回答道："这两个字嘛，首先就会使我联想到百花争艳的野外，还有那些载歌载舞的少女。芳香，能够给我的创作带来丰富的灵感。"

他们一起从那位画家朋友的家中走出来之后，年轻人仍然不明白长者的用意在哪里。在返回的途中，长者顺便带着他又去拜访了一位久居海外、刚刚回国探亲的富商。在谈话中，长者也问了对方这个相同的问题。那位久居海外的富商听了长者的问话，动情地说："你说的这两个字，使我一下子就联想起故乡的土地。故乡那散发着泥土气息的芳香，真是令我魂牵梦绕了多少年啊！"

辞别了那位有着浓浓思乡情结的海外华人，长者又问那个年轻人："我刚刚带着你见过了这些非常出色的人物。那么你想想看，他们对'芳香'的认识与你的认识有什么相同吗？"

年轻人却仍然一头雾水，他不解地摇了摇头说："没有。"长者就继续问他道："那你再想想看，他们这些人中，对'芳香'的认识，有没有什么相同的呢？"

年轻人依然摇了摇头说："他们对芳香的认识也都是完全不同的。"此时，长者才露出意味深长的笑意来，然后慢慢地说道："其实在生活中，我们每一个人都

有着与众不同的那么一种芳香，所以你也一样拥有着属于自己的那种芳香。你的问题是，为什么你现在做的就不能像别人那么出色呢？那是因为你只是在看着别人，是在欣赏他们那些人提炼出的属于自己的芳香，而你却把你自己的芳香给忽视了！你要寻找和提炼属于自己的香型，然后一直做下去，只要你坚持又怎么能不成功呢？"

年轻人终于恍然大悟，明白自己空有努力的热情，却没有把自己真正想做的事情持之以恒地坚持下来，所以并没有提炼出属于自己人生的芳香……

生活小智慧
SHENGHUO XIAOZHIHUI

每个人都有属于自己独特的芳香，所以任凭世事纷纭，我们都要好好地把握自己，绝不能忽视了自己的芳香。你不必想得太多，只要做好你自己、走好属于自己的道路。如果每个人都在为那些实际上并不属于自己的事物奔波努力，就会失去生活的乐趣，劳而无功。

分享美好的感受

如果你把心中的快乐向朋友倾诉，那么你就可以拥有更多的快乐！快乐是一个奇怪的东西，它不会因为你与他人的分享而减少，相反它还会因为你送出去的越多，得到的回报也就越多。

小罗杰真做了州长

在美国流行嬉皮士的年代，皮尔·保罗走进一所贫民窟小学当上了校长。在那个时候，很多出身富贵的白人孩子成为"迷惘的一代"。而这些穷苦的黑人小孩，似乎更是无所事事，整天旷课、斗殴，这几乎就是他们全部的学习生活。一些学生有时甚至会砸烂教室的黑板，弄得老师课也没法上了。保罗校长一直为此头疼不已。

有一天他经过一间教室，一个名叫罗杰的小家伙正在淘气地要从窗台上跳下来。忽然看见校长经过，小罗杰大吃一惊，一下子就从窗台上掉了下来，保罗立刻伸出手把他接住了。可是他黑黑的小手却在保罗的大手里一个劲地发抖，保罗灵机一动，忽然说出这么一句："一看你这根修长的小拇指我就知道，你将来是纽约州的州长。"然后他放下孩子，又冲着瞪大眼睛愣在那里的罗杰笑了笑，转身走了。这件小事没过几天就被保罗校长忘记了。

再想起这件事来，却是因为几十年后的一则新闻。

那是40多年后的一个下午，早已头发花白的保罗，正在关注着纽约州的州长竞选最新消息。一位名叫罗杰·罗尔斯的州长刚刚竞选成功，正在接受新闻记者的采访。当记者问到他的过去时，这位新州长并没有提到自己的那些奋斗史，而是说出了一个人的名字——皮尔·保罗，大家对这个名字都非常陌生，随后他就讲起了给他留下深刻印象的那件事。

这位新任的州长——美国纽约历史上的第一位黑人州长罗杰·罗尔斯深情说道："40多年来，我几乎没有一天忘记过这件事情。'纽约州的州长'这几个字，就像一面旗帜，时时刻刻都在我的心中飘扬着，它不但激励着我朝着这个方向努力，还激励着我时刻都用州长的身份来要求自己。终于，在我已经51岁的时候，我成功了！我也知道，像我这样一个出身糟糕的黑人孩子，是很少有人能够获得一份体面的工作的，可是就在今天，我非常欣慰地看到了我多年努力有了这样的结果……"

听到这里，双鬓花白的老校长保罗流下了眼泪。

命运的转折点并不总是体现在那些惊心动魄的大事之中，但却常常表现在某些生活的细节里。也许一句涤荡灵魂的话，或者一个表示关心的动作，都可能促成一个人的转变。既然如此，我们又何必吝惜自己出于善意的一言一行呢？何不随时分享那些美好的感受呢？

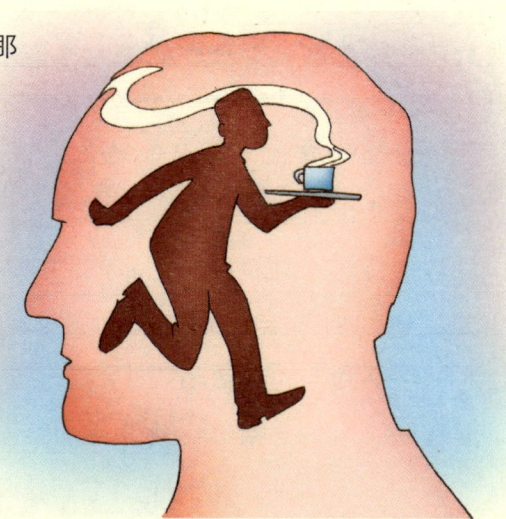

聪明的海豚

海豚是一种非常聪明的海洋生物，它们在捕猎时，总是集体出动、分工合作。它们组成一小团一小团的，每一团约二十只海豚，列着队呈扇形出发，分批出猎。它们扫描着前方海域中的鱼群，海豚偶尔会毫不费力地跃出水面，跃到几米高，以侦察海鸟的踪迹，因为海鸟以鱼群为食，总是追随着鱼群。

跳出水面的海豚，总是躬着背，跃回队伍的排头，然后利落地切入水中。若是侦察出猎物的位置，海豚就会吵吵嚷嚷地跳跃着，示意团体成员或是以侧边逆行，或是做肚皮击水的动作，分工合作把鱼群围起来，并赶至水面上来。它们的围堵就像墙似的坚固，使鱼群插翅难逃。而它们的跳跃喷溅，也能引来其他的海豚团伙儿前来协助。

海豚能够用声音来"视物"。海豚制造出的超声波，射中它们路径上的物体后声音反弹回来，由海豚的下颚接收，沿着下颚肥厚的组织传至耳部，转变为神经搏动后，由头脑加以分析，使海豚准确判断何处有障碍应该回避，何处有食物可以捕获。

在团队合作中，如果一只海豚在积极地作回声定位，而另一只海豚靠近它的前方，那么第一只海豚就会关闭声波，等另一只海豚游过去之后，才又射出声波。海豚以这种分工合作的方式共同达成目标，就可以节省资源、提高效率，就好像是一个组织的不同部门，在共同为组织打拼。虽然大家分头进行，但是只要其中一个部门有所收获，那么对于这个大组织来说也都是有益的。小组织的一大步，就是大团体的一小步。有时候集合在一起的海豚，可能多达一万只！它们在集体游动时，在海中可以延伸几千米长，蔚为壮观！

　　有些更为聪明的海豚还会和其他种类的海豚合作。比如热带深水海域的陀螺海豚会与斑纹海豚共栖，因为它们远离陆地，就得时时警戒着海中的鲨鱼。在夜晚，陀螺海豚积极出猎；在白天，则由斑纹海豚换班来做警戒工作。即使是两个完全不同的团体，也可以为了共同的目标，提供自己所长来帮助对方，互相扶持。

SHENGHUO XIAOZHIHUI

　　一个人的力量是有限的，而多人力量能够聚集成强大的合力。在工作中，我们不应孤军奋战，要互信互助。不同团体也可以互相提供自己的专业知识，这样能使团体的实力更为完整，才能拥有更充足的资源。

公共汽车上的欢笑

一辆公共汽车行驶了几千米，可谁都没有朝窗外看。乘客们穿着厚墩墩的衣服在车上挤在一起，全都被单调的引擎声、车厢里闷热的空气弄得昏昏欲睡。

约克几乎每天都碰到这些人，大家都宁愿躲在自己的报纸后面，彼此都在利用几张薄薄的报纸来保持距离。当公共汽车行驶到一排闪闪发光的摩天大厦的时候，有一个严肃的声音突然响起："注意！注意！"报纸嘎嘎作响，人人都紧张地伸长了脖颈期待下文。

"我是你们的司机，你们全都把报纸放下。"车厢内鸦雀无声，人人都瞧着那司机的后脑勺，他的声音很威严，让人没有办法抗拒，只能不由自主地服从口令。于是乘客手中报纸都被慢慢地放了下来。司机等乘客们把报纸折好，放在大腿上之后，又开始发出口令："现在，请转过头，面向坐在你旁边的那个人。"

使人惊奇的是，乘客们全都这样做了，无一例外。但是，人们的脸色都紧紧的绷着，没有一个人露出笑容，所有的人都只是盲目地服从，他们并不知道司机想要干什么。

约克面对着一个年龄较大的妇人，她的头给红围巾包得紧紧的，他几乎每天都能看见她。他们四目相接，目不转睛地等候司机的下一个命令。

"现在跟着我说……"那是一道用军队教官的语气喊出的命令，"早安，朋友！"

他们的声音很轻，语气根本就不像是在问好。但是对其中很多人来说，这是他们今天第一次开口说话。可是不管怎么样，大家都像小学生那样，齐声向身旁的陌生人说了这四个字。

约克情不自禁地微微一笑，完全是不由自主的。他们忽然都松了一口气，才知道自己并不是被绑架或者抢劫。其中许多人还隐约地意识到，以往他们是那样的怕难为情，甚至连普通的问候也不讲，此时这腼腆之情却一扫而空，他们彼此间的界限消除了——"早安，朋友。"说起来一点也不困难。

有的人紧接着又说了一遍，还有的人握手为礼，许多人都开心地大笑起来。司机却没有再说什么，他已经无需多说。没有一个人再拿起报纸，车厢里一片轻松的谈话声，你一言，我一语，互相讲述着一些趣事。从此大家在公共汽车上听到了欢笑声，一种以前从未听到过的热情洋溢的声音。

冷漠会使我们失去很多与人分享快乐的美好时光，所以我们要坚决抛弃那句"不要和陌生人说话"的教导！多一句问候就多一份友情，多一句交谈就多一份交流。世间原本有很多温情，又何必将自己囚禁在一个封闭的角落呢？

分享美好的感受

　　林培楠已经结婚十几年了。十几年来，他总是从早上起来，就开始紧张地思索一天的工作，直到要上班的时候，林培楠都很少对自己的太太微笑，甚至都没对她说上过几句话。他觉得自己是世界上最闷闷不乐的人。当他看到了卡耐基的"微笑培训班"之后，林培楠决定用一星期去尝试。

　　现在，林培楠在去上班的时候，总会对大楼的电梯管理员微笑着说一声"早安"。他微笑着跟大楼门口的保安点头招呼；他甚至对地铁的检票小姐微笑。当林培楠换零钱的时候，或者当他站在交易所时，他对那些以前从没见过他的人露出微笑。

　　林培楠很快就发现，每一个人对他也报以微笑。从此他便以一种愉悦的态度，来对待那些满肚子牢骚的人。林培楠微笑着听他们的牢骚，帮助他们解决问题。林培楠发现，微笑带给自己更多的收入。

　　林培楠是与一位经纪人合用一间办公室，那是个很讨人喜欢的年轻人。林培楠告诉这位经纪人，最近自己所学到的做人处世哲学非常管用。这位经纪人对他说："我很为您高兴。当我最初跟您共用办公室的时候，我认为您是一个非常闷闷不乐的人。直到最近，我才改变这种看法。知道吗？当您微笑的时候，脸上充满了慈祥。"

　　从此，林培楠也彻底改掉了批评他人的习惯。他现在只赏识和赞赏他人，而从不蔑视他人。他现在每天早晨起来的第一件事，就是满脸微笑的与太太打招呼，他发现太太每天都非常开心，对他也越来越温柔体贴了。

　　在做好这些的基础上，林培楠开始停止与人谈论他自己想要怎么样的话题，他现在试着从别人的角度来看事物，而这真正在继续改变着他的人生。微笑几乎让林培楠变成了与从前完全不同的一个人，一个更快乐也更富有的人。他在友谊交际和家庭幸福等很多方面都比从前拥有的更多更多，他认为这些才是真正重要的事物。

　　笑容能照亮所有看见它的人，像穿过乌云的太阳，带给人们温暖。"微笑"表示的含义是"我喜欢你，你使我快乐，我很高兴见到你"。我们为什么不微笑地面对生活，友善地对待周围的人呢？这样会使得你与同伴的关系越来越融洽，从而在学习、工作和生活中都会如鱼得水。

"山寨版"皇帝

　　某地出了一位"山寨版皇帝"。之所以说他"山寨版"，是因为他的习惯、做派都非常像皇帝，可是他的身份并不是皇帝。他只是一个非常平常的人，出生于一个普通的小农场主家庭，有着一份平常的职业，娶了一位非常平常的妻子，生了一个平常的儿子。总之，有关于他的一切都很平常。只有一件事，算是他一生中的特别事件。可正是这个特别的事件，害得他的后半生找不到平常的感觉了，总以为自己是一个皇帝。

　　那是在他还很年轻的时候，某天早晨，他正准备去工厂开始那平平常常的工作时，却意外地碰到了一群电影剧组人员。为首的导演一看见他便开心地大叫了起来："天哪，这不正是我苦苦寻找的那位古代皇帝吗？快，快快，咱们来商量一下薪酬，你一定要扮演我这部电影里的皇帝！"

　　最后，剧组以很高的薪酬诱惑成功！他向工厂请了长假，开始做起了"皇帝"来。

　　可是这对于根本就没有一点经验的他来说，真是太难了！导演总是说他这不像那不行，弄得他不得不绞尽脑汁，把所有有关那位皇帝的资料全都找了来。他夜以继日地琢磨、琢磨、再琢磨……可是当镜头再次对准他时，导演、摄影师似乎变得更加挑剔了，于是一遍、两遍……大概将近一百遍的时候，导演才终于说了一声"好"。然后，这位普通又平常的平民，便一下子被搬上了银幕，成了一位掌握着所有人生死大权的皇帝。

看着镜头上威严睿智、气度非凡的形象，他忽然觉得自己本来就应该是那位皇帝，而不应该是现实中的这个平凡庸碌的人。虽然在整部影片中，自己只是一个没有几分钟戏的小配角，可是他硬是把那个配角演成了自己。

从此之后，他便开始以皇帝的身份要求妻子、儿子，像皇帝一样命令他们，要求他们的行为和气质也要向着王公贵族的方向发展，否则就声色俱厉地"问斩"，气得妻子三天一小场、五天一大场地跟他打闹，原本平静的家庭生活一下子就全乱了。

可是他并没有就此罢休，而是像上了瘾似的，走出家门也同样拿着皇帝的派头，见人就颐指气使，动不动就以"寡人"自称。时间一长，大家实在受不了，就都把他当成了疯子，他因此失去了工作，不久妻子也带着儿子回了娘家。直到一无所有的时候，他才醒悟，从此再也不能做皇帝梦了，于是他开始反省，每天早晨起来第一件事就是告诉自己：你已经不是皇帝了。只是在他说这话时，他的口气听上去依然还是像个"皇帝"。

"假作真时真亦假"，人生就像演电影一样，你习惯于扮演某个角色，可能就是那个角色。山寨版的皇帝只是因为没有了真皇帝的环境才会令人感到好笑，所以我们在修身养性的时候也一定要注重环境的因素，否则就可能失去更多。

少女天天过"鬼谷"

　　为了独自领略山间的野趣，喜欢猎奇探险的宋佳楠一个人来到一片陌生的山林。他在山中左转右转，不久就迷失了方向……正当他一筹莫展的时候，迎面走来了一个挑着山货的美丽少女。

　　少女听完他的述说之后嫣然一笑，问道："先生是从那边的旅游景点走到这里才迷失方向的吧？请你跟我来，我可以带你抄小路往山下赶，那里总是有旅游公司的汽车。"

　　宋佳楠只好跟着少女穿越丛林，在阳光于林间映出的千万道美丽光柱里穿梭着。正当他欣赏着那些晶莹的水汽在光波里飘飘荡荡，陶醉于眼前美妙的景致之时，少女却开口说话了："先生，前面的一段路就是我们这儿的'鬼谷'。这可是这片山林中最危险的一段路，一不小心就会摔进万丈深渊的，所以我们这儿有一个规矩，就是路过此地，一定要挑点或者扛点有分量的东西。"

　　宋佳楠很吃惊，他怀疑地问到："这么危险的地方，要是再负重前行，那不是更危险吗？"

　　少女却笑了，她耐心地解释道："正因为你意识到危险，心里面才会因恐惧而不安。如果身上有了重量，就会把你的那些害怕的心分散掉一大部分，反而就会使你更加集中精力的，所以就会更安全。你看我们每天都挑着东西来来去去，却从来都没有人出过事呢！这儿已经发生过好几起坠谷的事件，都是迷路的游客在身体上毫无重物压力的情况下，心神不定的时候一不小心摔下去的。"

宋佳楠听说后一下子冒出了一身冷汗，他觉得少女的解释很有道理，却并不敢去亲身实践。看看时间还早，于是他就让少女先走，自己尝试去寻找别的路，企图绕过这段可怕的"鬼谷"下山。

少女只好一个人走了，而宋佳楠却在山间来回绕了几圈，也没能找到一条可以下山的路。

眼看天色将晚，宋佳楠却还在犹豫不决。但是他必须赶在天黑之前下山，总不能在山里过夜啊！正在他满心恐惧、进退两难的时候，山间又走来一个挑山货的女子，宋佳楠就像抓住了救命的稻草一般拦住了女子，祈求她帮自己尽快地走出困境。

女子也不说话，沉默地将两根沉沉的木杆递到了宋佳楠的手上。没办法，宋佳楠只好胆战心惊地跟在挑担女子的身后，小心翼翼，但却很安全地

走过了这段"鬼谷"。

　　这次经历使宋佳楠对"鬼谷"产生了难以释怀的情结。过了一段时间之后，他特意又来到这里，挑着东西又走了一次"鬼谷"。这时，他才看清，其实这段"鬼谷"虽然险要，却并没有自己想象中的那么可怕。他发现，实际上最可怕的，还是自己心中的那种莫名其妙的"恐惧感"。

　　挑着山货的美丽少女天天都走过令人恐惧的"鬼谷"，在她们的帮助下，宋佳楠终于克服了恐惧心理，坦然负重，成功走过那个令人生畏的险要地段。恐惧感是一种痛苦的心理折磨，但是身负使命的人总是更加镇定，也更具有大无畏的勇气。

摩登女孩的脸

　　一天下班后，小王乘公交车回家。车上人很多，连过道上都站满了人。站在小王面前的两位姑娘亲热地相挽着，其中一个背对着小王的女孩身材标致、高挑、匀称，看上去是那么的活力四射。她的头发染成了最时髦的金色，穿着一条今夏最流行的吊带裙，露出白嫩的肩膀。一看就知道，她是一个典型的都市女孩，时尚、前卫而又性感。

　　她们俩靠得很近，在低声絮语着。那位背对着他的高个子女孩不时发出欢快笑声，这笑声不加掩饰，好像是在向车上的人挑衅：你看，我比你们快乐得多！她的笑声引得许多人把目光投向她们，大家的目光里似乎有艳羡，但是，小王发觉到他们的眼神里还有一种莫名其妙的惊讶，难道女孩美得让人吃惊？这让小王也有一种想看看女孩的冲动，看看那张倾城的脸上洋溢着幸福，到底会是一种什么样子？但女孩却一直都没有回头。

　　后来，她们大概聊到了电影《泰坦尼克号》，那个女孩便轻轻地哼起了那首主题歌，女孩的嗓音很美，把那首缠绵悱恻的歌处理得很到位，虽然只是随便哼哼，却有一番特别动人的力量。小王想，只有那些感觉自己足够幸福和自信的人，才会在人群里肆无忌惮地欢歌。

　　这样想来，小王便觉得自己的心里酸酸的，因为像他这样，从内到外都

极为黯淡的人，何时才会有这样旁若无人的欢乐歌声呢？

很巧，小王和那两位姑娘在同一个站下了车，这使小王终于有机会可以看一看女孩的脸。小王的心里竟然有些紧张，不知道自己将会看到一个多么令人悦目的绝色美人。于是小王大步流星地赶上了她们，在回头观望的那一刻，小王一下子就惊呆了，他明白车上的人为什么会有那么惊诧的眼神……

小王看到的是什么样的脸呀？那是一张已经被严重烧坏了的脸！用"触目惊心"这个词来形容，是毫不夸张的！他真是震惊了，这样的女孩居然会有那么快乐的心境！他不由得感叹：上苍把霉运给了那个女孩，女孩却讨回了属于自己的好心情！

生活小智慧
SHENGHUO XIAOZHIHUI

能够妥善调整自己的人，比世间任何君王都更加尊贵。世界上没有绝对幸福的人，只有不肯快乐的心。掌控我们心灵的并不是上苍，而是我们自己。会苦中作乐的人拥有令人钦佩的生活智慧，纵使在世间最罕见的苦难中也坚强无比，他们登上了人生更高一层的境界。

冯谖烧债券

　　齐国的相国叫作孟尝君，他门下有非常多的食客，为了便于管理，他把门客们分为几等：头等的门客出去有车马，一般的门客吃的有鱼肉，至于下等的门客，就只能吃粗茶淡饭了。有一天，一个名叫冯谖的老头子，穷苦得实在是活不下去，于是就投到孟尝君的门下来作食客。

　　孟尝君问管事的："这个叫冯谖的老者有什么本领？"

　　管事的回答说："他说他自己没有什么本领。"

　　孟尝君便笑着说："把他留下吧。"

　　管事的懂得孟尝君的意思，便将冯谖当作下等门客，粗茶淡饭的对待。过了几天，冯谖靠着柱子敲着他的剑，哼起歌来："长剑呀，咱们回去吧，吃饭没有鱼呀！"

　　管事的听闻这件事便去报告给了孟尝君，孟尝君说："有这回事？那就给他鱼吃，按照一般门客的伙食办吧！"

　　又过了五天，冯谖又敲打他的剑靠着柱子唱起来："长剑呀，咱们回去吧，出门没有车呀！"

　　孟尝君听说这件事后，又跟管事的说："冯先生出门的时候给他备车，照上等门客一样对待。"

又过了五天，孟尝君又问管事的，那位冯先生还在唱歌吗？他还有什么意见？管事的回答说："他唱歌是因为没有钱养家呢。"

孟尝君派人去打听了一下，才知道冯谖家里有个老娘，于是，就派人给他老娘送了些吃的、穿的。这一来，冯谖果然不再唱歌了。

由于孟尝君养了这么多的门客，管吃管住，光靠他自己的俸禄，是远远不够的。于是，孟尝君想到了一个办法，就是在自己的封地薛城(今山东滕县东南)，向老百姓放债收利息，以维持家里巨大的耗费。有一天，孟尝君派冯谖到薛城去收债，冯谖临走的时候，向孟尝君告别，并问道："回来的时候，要买点什么东西吗？"

孟尝君不在意地说："你瞧着办吧，看我家缺什么就买什么。"

冯谖到了薛城，把欠债的百姓都召集在一起，叫他们把债券拿出来核对。很多老百姓都在发愁怎么还这些债，这时，冯谖当众假传孟尝君的决定，告诉百姓们：还不起债的，一概免了。

这些老百姓听了将信将疑，而冯谖干脆点起一把火，把债券全烧掉了。

冯谖赶回临淄后，便把他收债的经过原原本本地告诉了孟尝君，孟尝君听了以后，十分生气："你把债券都烧了，我府上这三千人吃什么！"

然而，冯谖却不慌不忙地说："我临走的时候您不是说过，这儿缺什么就买什么吗？我觉得您这儿别的都不缺，就缺少老百姓的情义，所以我把他们的情义买回来了。"

孟尝君很不高兴地说："算了吧！"

后来，齐王见孟尝君的声望越来越大，威胁到他的王位，便收回孟尝君的相印，将他革了职，孟尝君只好回到他的封地。此时，三千多门客大都散了，只有冯谖跟着他，替他驾车回薛城。当他的车马离薛城还差一百里的时候，远远地就看见薛城的百姓们扶老携幼地都来迎接自己。当孟尝君看到这番情景，十分有感触，对冯谖说："你过去为我买的情义，我到了今天才看到啊！"

无论你此时的处境如何，都不要对自己失去信心。冯谖起初贫困潦倒却并没有自我贬低，依然自信地帮助孟尝君买回百姓的情义。

宽容是一种能力

　　宽容是人性中最美丽的花朵，是一种生活的艺术。具有良好心理品质的人总是把宽容当作生存的智慧，就像土地把粪便化作肥料而不断生长绿色的生机。拥有宽容的心灵，就能够转变苦难的流向。

仓颉不再骄傲了

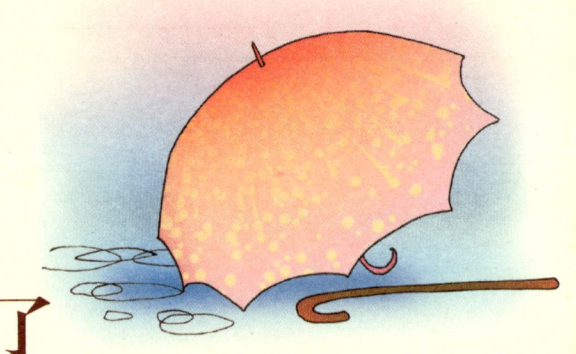

相传，黄帝派仓颉管理牲口的数目和牲口食物的多少。仓颉是一个做事尽心尽力又很聪明的人，做事总是很少出现差错。可是随着牲口、食物储藏数目的不断变化，光凭脑袋很难记得住了。怎么办呢？仓颉犯难了。

这天他去参加集体狩猎，发现人们只要一看到地下野兽的脚印，就可以认定前面有什么动物。仓颉心中猛然一喜，他想：既然一种脚印就可以代表一种野兽，那么我为什么不能用一种符号来表示我所管的那些东西呢？他高兴地拔腿就奔回家里，开始创造各种符号来表示每种事物。果然，他把黄帝交给他的事情管理得头头是道。

黄帝知道后，对他大加赞赏，就命令仓颉到各个部落去传授这种记录方法。对这些符号的使用就渐渐地推广开了。这些符号也就逐渐演变成了文字。

由于仓颉造了字，黄帝便十分器重他，他的名声也越来越大，人人都称赞他。仓颉渐渐变得骄傲自大起来，他开始什么人都看不起，连造字也变得马虎了。黄帝很生气，就找来最年长的老人商量，这位老人已经120岁了，他沉思了一会儿，就独自去找仓颉了。

老人说："仓颉啊，你造的字早已经家喻户晓了，可是我人老眼花，有几个字至今还糊涂着呢，你肯不肯再教教我啊？"仓颉一看，这么大年纪的老人都这样尊重他，就高兴地催他快问。

老人说："你造的'马'字、'驴'字、'骡'字都有四条腿吧？而牛也有四条腿，那为什么你造出来的'牛'字没有四条腿，只剩下一条尾巴呢？"仓颉一听，心里就有点慌了，原来，他是把"牛"字和"鱼"字给造反了。

老人接着又说道："你造的'重'字，是说有千里之远的意思，那就应该把它念作出远门的'出'字，而你却教人念成重量的'重'字。反过来，两座山合在一起的'出'字，本该为重量的'重'字，你倒叫它出远门的'出'字。这几个字叫我真是难以琢磨，所以我就只好来请教你了。"

仓颉顿时羞得无地自容，深知自己是因为骄傲才铸成了大错。他连忙给老人跪下，痛哭流涕地向老人表示忏悔。老人拉着仓颉的手，诚挚地对他说："仓颉啊，是你创造了文字，才使我们老一代的经验记录下来、传下去。你的确是做了一件大好事，所以世世代代的人都会记住你的，但是你可不能因此而骄傲自大啊！"

仓颉从此以后再也不敢敷衍，他每造一个字，都要将字义反复推敲，还经常拿出去征求人们的意见，只有大家都说好，才会定下来，然后再逐渐传到每个部落中去。

生活小智慧
SHENGHUO XIAOZHIHUI

人生得意勿忘形，要用平和的心态对待世间的一切。人生若能修炼到此境界，为人便能够善始善终，既可以在卑微之时安贫乐道、豁达大度，也可以在显赫的时候持盈若亏、不骄不狂。无论你的成就有多高，一定要清楚天外有天，人外有人，虚心地取人之长，补己之短。

海明威的承诺

　　抗日战争时期，美国海军炮艇"塔图伊拉"号停泊在重庆。莱德勒少尉兴致勃勃地参加了在重庆举办的一种碰运气的"不看样品的拍卖会"。那位拍卖商以恶作剧闻名遐迩，所以当拍卖一个密封的大木箱时，在场的人都肯定地说，"箱里一定装满了石头"。

　　然而，莱德勒却开价30美元，拍卖商随即就高喊道："卖了！"打开木箱一看，里面竟是两箱威士忌酒——那可是战时的重庆极为珍贵的一种酒。于是，众人哗然，那些直犯酒瘾的人出价30美元买其中的1瓶，却被莱德勒毫不客气地回绝了，他说他不久就要被调走，正打算开一个告别酒会。

　　当时，正在重庆的美国著名作家海明威也犯了酒瘾，他就来到"塔图伊拉"号炮艇对莱德勒说："听说你有两箱醉人的美酒，我想买6瓶，你要什么价？"莱德勒却婉言拒绝了他。海明威掏出一大卷美钞，以一种无可商量的口吻说："给我6瓶，你要多少钱都行！"

　　莱德勒想了一想，一个更好的主意浮现在脑海，他说："好吧，我用6瓶酒换你6堂课，教我成为一个作家，如何？"海明威做了个鬼脸，笑道："老兄，我可是花了好几年的功夫才学会干这行的，你这价要得可够高的！好吧，我们成交了！"如愿以偿的莱德勒连忙递上了6瓶威士忌酒。

在接下来的5天里，海明威毫不失信地给莱德勒上了5堂课，莱德勒很是为自己的成功得意，因为他以6瓶美酒而得到美国最著名的作家亲自指点。海明威却眨眨眼说："你真是一个精明的生意人。我只想知道，其余的酒你曾偷偷地灌下去多少瓶呢？"莱德勒却说："一瓶也没有尝过，因为我要全都留着开告别酒会用呢。"

海明威有事要提前离开重庆了，莱德勒陪他去机场给他送行。海明威微笑着对他说道："我并没忘记我还欠你一堂课，这就给你上第六堂课。"在飞机就要起飞的轰鸣声中，他说："在描写别人之前，首先自己要成为一个有修养的人……"海明威接着说："第一要有同情心，第二能以柔克刚，千万别讥笑不幸的人。"莱德勒感到奇怪，就反问："可是，这与写小说有什么相干吗？"海明威一字一顿地说："这对你的生活是至关重要的。"

正在向飞机走去的海明威突然转过身来，大声道："朋友，你在为你的告别酒会发请柬之前，最好把你的酒抽样检查一下！"说完这话，海明威挥了挥手："再见，我的朋友！"

回去之后，莱德勒果然打开一瓶酒，发现里面装的全是茶。于是他打开了一瓶又一瓶酒，全都如此。他明白了，原来海明威早就知道了实情，然而他却只字未提，也没有讥笑毁约，而是依然遵守诺言兑现约定。直到此时，莱德勒才懂得：海明威是在身体力行中教导着他，要做一个有修养的人。

一个言必行、行必果的人，也是一个能够体会到人生真实的自我价值的人。任何承诺都是严肃的，因为它是人格的标签。一个人应该对自己生命作出郑重的承诺，这样，他就能够对他人、工作、生活产生强烈的责任心，他的生命才会更有价值，生活也才会更有意义和乐趣。

美丽的女巫

　　年轻的亚瑟国王被邻国的伏兵抓获。邻国的君主向他提出了一个非常难的问题，并承诺只要亚瑟在一年的时间内回答得上来，他就可以给亚瑟自由。如果一年期满还不能给他答案，亚瑟就会被处死。这个问题是：女人真正想要的是什么？

　　这个问题令许多有学识的人都困惑不解，何况年轻的亚瑟。亚瑟回到自己的国家，开始征求答案，他问了几乎所有的人：公主、妓女、牧师、智者、宫廷小丑……答案五花八门，但没有一个答案可以令他满意。最后，人们建议亚瑟去请教一个女巫，但是女巫会提出稀奇古怪的条件，这些条件往往使人们不敢向她求助。

　　一年的最后一天马上就到了，亚瑟别无选择，只好去找女巫。女巫答应回答他的问题，条件是必须让她和加温结婚。加温是最高贵的圆桌骑士，是亚瑟最亲密的朋友。亚瑟惊骇极了——女巫驼背、丑陋，只有一颗牙齿，身上发出臭水沟般难闻的气味，而且经常发出猥亵的声音。他看着如此丑陋不堪的怪物，拒绝了，他不能让朋友为了救他而牺牲自己的幸福。

　　加温知道后，对亚瑟说："我同意和女巫结婚。对我来说，没有比拯救你的生命更重要的了。"亚瑟感动极了，深情拥抱他的朋友。于是女巫回答了亚瑟的问题：女人真正想要的，是可以主宰自己的命运。女巫说出的是真理，于是邻国的君主给了亚瑟永远的自由。

加温的婚礼如约举行，亚瑟却陷入深深的痛苦中。加温一如既往温文尔雅，而女巫却在婚礼上蓬头垢面，用嘶哑的喉咙大声讲话，还用手抓东西吃……她的言行举止让所有的宾客都感到恶心，大家深切同情加温从此失去了幸福。

新婚之夜对加温是异常可怕的，但它终究还是来了。然而，当加温走进新房，却被眼前的景象惊呆了：一个极其美丽的少女斜倚在婚床上！加温恍如进入了梦境，不知到底是怎么回事。

少女回答说："我被别人施了魔咒，在一天中一半是丑陋的，一半是美丽的。你愿意怎样分配这丑陋与美丽呢？"

多么残忍的问题呀！加温只能面对他的两难选择：是在白天向朋友们展示自己的美丽妻子，而在夜晚面对一个又老又丑的女巫，还是在白天拥有一个丑陋的女巫，但在晚上与一个美丽的妻子共度亲密时光呢？

出人意料的是，加温没有作任何选择，只是对妻子说："既然女人最想要的是主宰自己的命运，那么就由你自己决定吧！"少女听完，眼中闪着泪光，动情地说："谢谢你替我解除了诅咒，当有一个男人愿意让我主宰自己命运的时候，诅咒就会自动失效了。那么，我要告诉你，我会选择白天和夜晚都是美丽的女人，因为我爱你。"

很多情况下，人们的命运都是由别人和外物所控制，要主宰自己，需要莫大的勇气。特别是对于一个失败者，当挫折困扰着他时，要及时调整自己、战胜自己，树立起主宰自己的信心。命运就在你自己的手中，就看你自己如何去把握。

宽容是一种能力

　　1888年的爱德华·利伯是一个精明老练的玻璃制造商，拥有一家新英格兰玻璃公司，与其他制造商一样，利伯也渴望使他的公司发展壮大，成为玻璃制造业的巨擘。而迈克尔·欧文斯则是利伯制造厂内一名吹玻璃的工人，同时他也是当地颇有名望的工会领导人。在当年的罢工运动中，他带头鼓动工人反对利伯，最后迫使利伯把工厂迁往另一城市。

　　在同罢工领导人的谈判中，独具慧眼的利伯发现，血气方刚的欧文斯在生产技术的改进革新方面是一个不可多得的天才。尽管欧文斯不断地指责利伯在生产管理等方面存在的缺陷，利伯不仅没有震怒，而且还从他尖刻的指责中，发现他对玻璃生产相当的谙熟，对一些问题有非常独到的见解。

　　于是，最后利伯把工厂迁走了，他带走了一些工人，欧文斯便是其中一员。利伯不计前嫌的宽容大度，感动了欧文斯，从此奠定了日后他们走向共同成功的基础。

　　三个月后，欧文斯就向利伯提出了一连串改革的建议，这些建议几乎全被采纳。利伯更加赏识他，派他担任吹玻璃部门的监工，两年内，欧文斯一跃成为该厂的主管。

　　出色的工作和对玻璃生产中表现出的浓厚兴趣，使利伯从欧文斯身上看到了更大的希望。他为欧文斯提供资金，支持他试验一种生产玻璃瓶的机器。尽管欧文斯的研制历经了一次次的试验和一次次的失败，利伯始终给予他支持和鼓励。1903年，在欧文斯的研制下，终于诞生了使玻璃工业发生革命性变化的自动制瓶机，它彻底改革了吹玻璃的古老工艺，使手工操作变为大规模的自动化生产。

　　尽管欧文斯的性格古怪，惹来许多纠纷，利伯有时也卷入其中，但利伯总能很快冷静下来，力排众议，继续支持欧文斯。制瓶机获得成功之后，欧文斯把注意力又转移到平面玻璃的制造上。利伯则为欧文斯破天荒地拨出400万美元，作为他20年期间的实验费用。

　　最终，欧文斯在利伯的支持下，改善了平板玻璃的制造方法，发展了一套由炉中抽取板形玻璃的设备。1917年，利伯和欧文斯及其他合伙人，在查尔斯顿兴建了一家全自动化的工厂——输入原料就可以从炉内不断输出待切割的玻璃板。

　　如果利伯没有容人之心，他成不了一位杰出的企业家，欧文斯也成不了发明家，而正是利伯的容人之心成就了他们的成功与辉煌。

　　人生在世，须得容人。学会容忍别人的过错，宽大自己的仇人，给他以希望，一旦他的能量、才智被发挥出来，就能干一番大事业。我们要保持一颗容人之心，处理好所遇到的人和事，能容人的人才能得到他人的信任，才能有更广阔的发展空间。

奇特的钢琴大师

一位刚考入音乐系的学生走进了练习室。在钢琴架上，他看到了一份全新的乐谱。他翻动着乐谱，一脸愁容的喃喃自语："超高难度？"他立时感觉自己弹奏钢琴的信心已经跌到了谷底，他觉得自己已经被乐谱的难度彻底打败……

自从跟了这位新的指导教授之后，他不知道，为什么这个教授总是要以这种方式整人呢？都已经整整3个月了！他对不断升高难度的乐谱恨得牙根痒痒，却不得不勉强的打起精神来，他开始用十指奋战、奋战、奋战……生涩的琴音盖住了练习室外教授走进来的脚步声。

这位指导教授是个极有名的钢琴大师，他在授课的第一天，就给自己的新学生一份很难的乐谱，淡淡地说了一句"试试看吧！"可是对于刚刚入学的学生来说，乐谱难度过高，学生弹得生涩僵滞、错误百出。在下课时，教授只是淡淡地叮嘱学生："还不熟，回去好好练习！"

这位学生刻苦练了一个星期，第二周上课时正准备让教授验收，教授却提也没提上星期的课。正在侥幸，没想到教授又给他一份难度更高的乐谱，淡淡地说："试试看吧！"学生只好再次硬着头皮来迎接更高难度的挑战。

第三周，一份更难的乐谱又出现了。同样的情形在持续着，学生已经习惯于每次在课堂上都被一份新的乐谱所困扰，情绪已不再纠结，而是淡定地接过来，然后就把它带回去练习，接着再回到课堂上，重新面临更高难度的乐谱。只是无论他怎么努力，却始终赶不上教授的进度。学生感到越来越不安，显得非常沮丧和气馁。

到了最后的一周，教授没再开口，而是抽出了最早的那份乐谱，交给学生说："弹奏吧！"他以坚定的目光非常信任地望着学生。

不可思议的事情发生了，连学生自己都感到惊讶万分，他居然可以将这首曾经觉得很难的曲子弹得如此美妙、如此精湛！接着，教授又让学生试了第二堂课的乐谱，学生依然呈现出超高水准的表现……演奏结束，学生满脸困惑，怔怔地看着老师，说不出话来。

钢琴大师望着学生缓缓地说道："如果，我任由你表现自己最擅长的那部分，可能你还在练习最早的那份乐谱，也就不会有现在这样的成就……"

我们熟悉的那些领域与专业，做起来固然会得心应手。但是若长久停留在原地，那么再多的重复也会无济于事。我们的生命需要不断地在自我挑战中提升，只有不停地朝着一个更高的难度奋进，我们的水平与能力，才能得到不断的提高。

狼群里的沉默

曼丽是村长家里养的一只狗。有一天，曼丽跑到山里玩的时候忘记了时间，等天黑下来时，它才慌慌张张地开始往家里跑。可是由于月黑风高，它最终还是迷失了方向。东转西转，不知怎么，它就混迹到了一群狼的中间。

面对这些凶狠残暴的"同类"，曼丽害怕得要死，生怕一点小事做不好惹恼了脾气暴躁的狼，给自己带来杀身之祸。于是它决定，不管遇到什么情况，都绝不能开口透露自己的任何信息。

在接下来的两三天里，曼丽始终保持沉默不语，显得非常深沉。可是好景不长，有一天，一只高大的狼发现了它，觉得它与自己不太一样，就满脸疑惑地问它："你是我们的同类吗？我怎么感觉你跟我们不一样呢？"

听到问话，曼丽紧紧地闭着嘴巴，故作深沉地点了点头，以免一开口会露出破绽。然后，它便镇定自若的像以前那样，若有所思地把眼光投向了遥远的地方。

那只高大的狼见曼丽只是点头却不说话，心里就更加疑惑了。夜里狼王回来了，它就把自己的怀疑告诉了狼王。狼王因为在一次战斗里受过伤，视力不太好，再加上正是半夜，它根本就看不清曼丽的样子，可是它必须装出眼力没问题的样子，所以它高声反问高大的狼："它不是狼又是什么呢？"

　　高大的狼歪着脑袋瞅了曼丽半天，指着它的尾巴对狼王说道："你看，它的尾巴和我们的不太一样呢！"

　　狼王因为自己的身体受过伤的缘故，长期以来一直担心群狼对自己不服气，所以平时总爱时不时地吹嘘自己的战功，以唤起群狼的尊重。今天见这只高大的狼一直在耀武扬威地显示自己，狼王就想压压它的威风，就灵机一动说道："这没什么，它的尾巴就是那次和我并肩作战时受伤的，因此你们应该多尊敬它才是。"

　　这下，高大的狼再也不敢说什么了，迫于狼王的威望，其他的狼也都装出了对曼丽毕恭毕敬的样子。直到三天以后，曼丽才终于找到机会逃离了狼群，重新回到村长的家。当它确信自己已经安全之后，曼丽才感慨万千地叹道："都说事实胜于雄辩，在我看来，沉默更胜于事实啊！"

　　沉默是金。在激烈的竞争中，甚至在性命攸关的危急时刻，一定要保持冷静，因为任何语言都可能成为招致麻烦的切入口。尤其处在劣势，一定要恰当地保持沉默，守护着自己的信息不至泄漏，这是避免招来危险的一种好办法。

善王与恶王

　　从前有个善良的国王，人称永寿王。他有一个儿子，人称永生太子。在永寿王的邻国，还有一个性格凶狠残暴的国王，大家都称他为恶王。

　　有一天，恶王突然带领军队，来势汹汹地扑向永寿王国。永寿王是一位以善良著称的国君，他不想看到双方士兵在激战中伤亡，于是就抛下王位带着太子，隐居到了深山里。于是恶王不费一兵一卒，就顺利地占领了永寿王的国家。但他却得寸进尺，派人到处搜寻永寿王的下落，宣布说："有谁能捉住永寿王献给本王，我就赏给他黄金万两！"但是没有人肯去领他的赏金，因为没有人能抓住永寿王。

　　有一天，永寿王在路旁的一棵大树下休息，碰到一个从远方来的人恰好也在这棵大树下休息，两人就闲聊起来。那个人说自己是一个贫穷的修道士，希望能得到永寿王的施舍。善良的永寿王很想帮助他，可是此时他已经一无所有。忽然，他想起恶王正在悬赏捉拿他的事情，便恳切地让那个人拿着他的人头去领赏。开始那人说什么也不同意，但是永寿王认为自己只有如此才能帮助他，让他完全不必谦让，于是两人就一起来到了恶王的王宫。

　　一到王宫的门前，永寿王便让卫士把自己捆绑起来，并马上去禀告恶王。恶王听说永寿王已经找到，就喜出望外地取出赏钱赏赐那人，那人便拿着赏钱回国了。然后恶王派人在街头搭起行刑台，要在那里当众烧死永寿王。

在行刑前永寿王一眼看见儿子永生太子也挤在人群中，他唯恐儿子以后会替自己报仇，便仰天长叹，说他不希望太子为自己报仇，否则死也不会安心。

永生太子心里愤愤不平，于是他偷偷地潜回城里，装扮成打零工的，混进恶王手下大臣的家中种菜。永生太子做得非常好，受到大臣的赞赏，很快就被提拔做了厨师。

有一天，大臣请恶王到家里做客。恶王第一次尝到如此精美的饭菜，便把永生太子带回王宫，让永生太子专为自己做饭烧菜。

永生太子有意奉承恶王，得到恶王极大的欢心和信任，没多久便被提拔做了贴身卫士。有一天，恶王带永生太子一起出去打猎，两人迷路了。永生太子有几次机会，都想一刀杀了恶王，但是他每次都想到父亲的嘱咐，他不想违背父亲，所以始终下不了手。后来他干脆向恶王坦白，自己就是永生太子，他让恶王杀了自己，免得自己再起杀心，做了不孝之人。

恶王听了以后，非常感动，他非常后悔自己杀了永寿王。回去之后，恶王立刻宣布，把国家永远交还给永生太子，两人从此结为兄弟。而他自己则带兵回本国。从此，这两个国家相互通好，和睦往来，人民也都安居乐业，享受着太平日子。

生活小智慧
SHENGHUO XIAOZHIHUI

宽恕是一种能力，这种力量可以将邪恶的阴霾驱散，唤回人性中那些真挚的善良。这种力量可以改变一个人。当别人做错事的时候，巧妙地宽恕对方，往往是最好的处理方法，因为宽容不仅仅包含着理解和原谅，更显示出一个人的气度和胸襟。

不要为小事抱怨

　　由于正赶上经济大萧条，刚刚大学毕业的罗伯特一直找不到满意的工作。直到费尽周折，他好不容易才在一家小客栈里找到了一份工作——在柜台值夜班，兼给马厩添饲料。

　　刚开始的时候，罗伯特对这份工作是很珍惜的，但渐渐地就开始厌烦起来。因为无论他多么的努力，他的老板都不会对他露出一丝笑脸，还常常被老板板着面孔告诫到："千万不可以马虎，我可是天天都会来查的！"正值年轻气盛、血气方刚的罗伯特，哪能受得了老板这种气！

　　好不容易忍了半个月，罗伯特又发现新的令他不满的理由。和其他大多数雇员一样，罗伯特对一成不变的午餐又开始抱怨，因为老板提供的唯一的一顿午餐总是那么几样：每天都是两片牛肉熏肠、一点泡菜和一个粗糙的面包卷。

　　"哼！早晚会有那么一天，我一定要把那两片熏肠和那么一点泡菜，一下子全都拍到他的脸上去！"实在是无处发泄，罗伯特就冲着前来接他夜班的一位名叫西格蒙德的老人发起了牢骚来，"我可真是活见鬼了，只要等大

善/待/别/人　善/待/自/己

萧条一过，我立刻就会卷起我的铺盖卷，头也不回地离开这里！"

前前后后，罗伯特压着声音骂骂吵吵的，在那里嘟嘟囔囔地抱怨了很久，还夹杂着一些难听下流的脏话。在罗伯特抱怨的过程中，西格蒙德老人一言不发，一直用一种悲伤、忧郁的眼神看着他。

西格蒙德的悲伤和忧郁是有他的理由的——他曾经被无辜关进了奥斯威辛集中营，在那里受尽了折磨，患上了多年不愈的肺病，到现在还常常整夜整夜地咳着。好不容易等罗伯特安静下来之后，西格蒙德对他说出了这样的一番话：

"听着，罗伯特，其实你完全没有必要这么烦躁的。而你之所以会这样抱怨，仅仅是因为你犯了一个错误，但那并不是熏肠、不是泡菜，也不是老板、不是厨师，更不是这份工作的原因！"

罗伯特从没想到，在西格蒙德老人的嘴里竟然会说出这番话来，真是让他大吃一惊："不是这些？你的意思是说我不对吗？那你说，我到底有什么不对呢？"

"你的错误就在于，你以为你自己什么都懂，但是你却连小小的挫折与真正的困难都分不清楚。我告诉你吧，假如你骑马不小心摔断了脖子，或者你整日都填不饱肚子，或者你每天早上一睁眼，就不知道自己到了晚上是死是活，这才是难以对付的真正的困难呢！

"生活本身就充满了矛盾，所以想要祈求一切如意的人生，那是根本不可能的。只要你能够学会区分什么是小小的挫折，什么是很大的困难，并且你能够不为

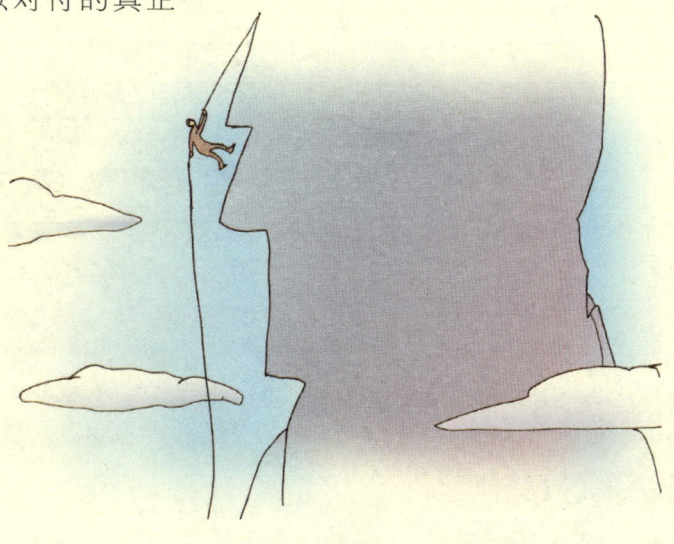

那些小事发火抱怨，那么你就会长生不老的！祝你晚安。"

罗伯特听完老人的这番话，再也说不出来话。对罗伯特来说，这真是一次对他影响巨大的谈话。他从来不曾相信，竟然还会有人能够如此的看穿自己，所以对于他来说，这番话就如同漫长的黑夜，被忽然出现的一道闪电划开，更像四面都是密封的墙壁的小屋，忽然被开了一扇天窗。

过了多少年以后，已经取得很大成功的罗伯特依然不能忘怀他们的那次谈话。每当面临生活困境，他都会觉得西格蒙德正在问他："这是难以克服的困难，还是小小的挫折？"

千万不要为那些日常生活中的小事烦恼，否则的话，你的心境就会被那些鸡毛蒜皮的小事搅得永无宁日。你可以轻松地躲开一头大象，却未必能顺利地躲开一只苍蝇。如果我们的精力经常被一些无关紧要的小事所占用，那么你真正的人生大事也必将受到影响。

越谦逊越接近高尚

山不言自高，海不言自大，如果能够虚心地向别人学习，就能够把别人的长处变成自己的长处，这样他必定会博采众长，也就会越来越完美。

世界上最早的牛仔裤

　　早在1847年，刚刚17岁的李维斯·斯特劳斯就从德国来到了美国，投靠他在纽约开布店的哥哥。

　　三年之后，美国西部出现了淘金热潮，已经20岁的李维斯，也加入了这股被发财梦想的热浪所驱使着的人流当中。他只身来到了旧金山，试图在那里找到一个能发财的金矿。然而，他几乎耗尽了自己所有的积蓄，都没能发现一个金矿，他几乎就要绝望了。

　　李维斯独自默然地坐在地上，看着大街上那些熙熙攘攘的淘金者。一转头，他看到了自己帐篷里那些堆积如山的帆布——那是在淘金时用来制作野营用的帐篷和马车篷。他转念一想，就改变了淘金的初衷，决定另辟一个发财的门道。

　　他先是开了一家销售日用百货品的小商店，主要就是卖他的那些帆布。李维斯认为：淘金固然能发大财，但是能够为那么多人提供一些生活用品，也应该是一桩能赚钱的好生意。

　　一天，李维斯正扛着一捆帆布往回走，有一位淘金工人拦住了他说："朋友，你能不能用这种帆布做一条裤子卖给我呢？你看我整天都和泥水打交道，那些普通的裤子太经不住穿，所以只有帆布做的裤子才够结实耐磨。"

李维斯听了以后，他灵机一动，一条生财之道马上就闪现在他的脑海之中。于是，他立即就将那位淘金工人带入一家裁缝店，按照他的要求，为他做了两条帆布裤子。这就是世界上最早的牛仔裤。由于牛仔裤又结实又耐磨，所以很快就成为淘金工人的首选，最终牛仔裤风靡全球，就这样，李维斯也成了牛仔大王。

人云亦云，总是跟在别人的后面，是没有多大出息的。而成功绝不是靠着碰运气就能得来的，是要我们积极地为自己创造条件，只有另辟蹊径才能发现你人生的转机。在适当的时候，我们应该学会开辟新的道路。

千锤百炼的石头

　　深山里有两块很大的石头，第一块石头对第二块石头说："我们去经一经路途的艰险坎坷和世事的磕磕碰碰吧，我希望能够到人世间去搏一搏，也不枉我们来此世走一遭。"

　　"不，何苦呢？"第二块石头立刻嗤之以鼻地反对道："你看，我们在这里安坐高处、一览众山小，周围到处是花团锦簇，谁会那么愚蠢地在享乐和磨难之间选择后者啊？再说了，那路途的艰险与磨难，可能会让我们粉身碎骨的！"

　　话不投机半句多，于是第一块大石头就借着山溪助力滚涌而下，它历尽了风雨和大自然的各种磨难，可是它却依然义无反顾地在自己渴望的路途上奔波。第二块石头站在高处讥讽地笑着，它安居高山享受着安逸和幸福，享受着周围花草簇拥的畅意抒怀，也享受着盘古开天辟地之时留下的那些美好的景观。

　　在许多年以后，历尽尘世之千锤百炼，饱经风霜的第一块石头，已经被世人雕琢成了世间的珍品，成了石艺界的奇葩，并且被千万人赞美称颂，享尽了人间的荣华富贵。第二块石头知道后有些后悔，现在它也想投入到世间的风尘洗礼中，然后得到像第一块石头所拥有的成功和荣耀。可是它一想到还要经历那么多的坎坷和磨难，甚至还要在疮痍满目、伤痕累累中苦度岁月，还会有粉身碎骨的危险，第二块石头便又一次退缩了。

有一天，人们为了更好地保存那块石艺界的奇葩，决定用石头为它修建一座更加精美别致、气势雄伟的博物馆，于是，人们来到高山上，把第二块石头粉了身、碎了骨，和无数的石头一起，给第一块石头盖起了漂亮的房子。

第一块石头勇敢地选择了艰难坎坷，它懂得放弃享乐，所以它成了珍品，成了石艺的奇葩。而第二块石头却畏惧退缩、贪图享乐，最后只落得粉身碎骨、为人陪衬的下场。

自古英雄多磨难，只有勇敢迎接挑战，不拒绝命运的雕琢，才能有所作为、成为举世珍品。对于一个人的成长，痛苦并非就是坏事，除非我们被那些痛苦所征服。请不要在困难面前低头，因为如果你选择了放弃，那你永远也不会品尝到成功的甘甜。

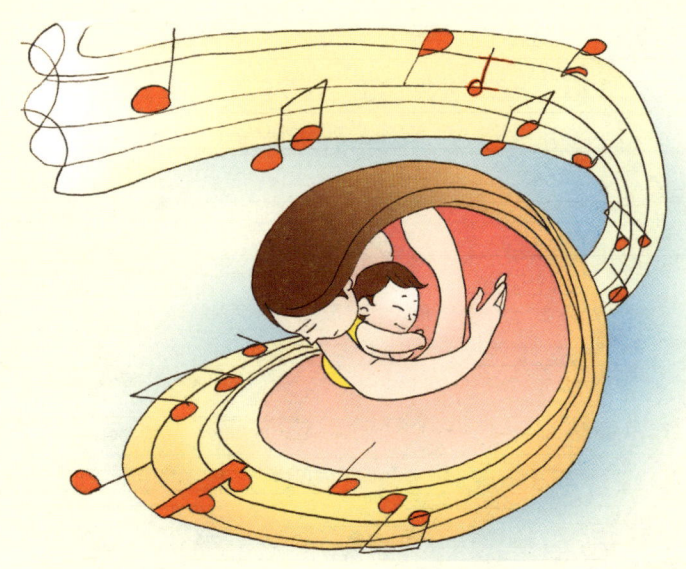

大起大落话扎曼

　　走到了人生的瓶颈并不可怕，只要不失去希望与志向，你就能突破人生的瓶颈，赢得属于自己的一片天空。20世纪80年代，百事可乐公司异军突起，立刻使可口可乐公司遭受到了强有力的挑战。为了扭转这种不利的竞争局面，塞吉诺·扎曼临危受命——由他来全面经营可口可乐公司。

　　扎曼采取的策略，就是全面改变可口可乐的旧模式，标之以"新可口可乐"，并对这个新项目进行大肆的广告宣传。但是在这个新的营销策略中，扎曼犯了一个非常严重的错误，因为他将人们早已习惯了的老可口可乐的酸味变成了甜味。扎曼根本就没有考虑到，顾客的口味具有一种持久的不可改变性，这就违背了顾客长久以来形成的口味习惯。

　　这次错误的决策造成了非常严重的后果，新可口可乐一上市就全线溃败，一下子成为继美国著名的艾德塞汽车失利以来，一个最具灾难性的新产品，以至于仅仅经过79天，"老可口可乐"就不得不重返柜台，以支撑濒临崩溃的局面——只是已经改名为"古典可乐"。

　　扎曼策略性的失败，对他在公司的地位也造成了相当巨大的负面影响，不久，他就在四面楚歌声中黯然离职。在扎曼离开可口可乐公司之后的14个月中，他非常愧疚，不肯同公司中的任何人联络。对于那段非常不愉快的日子，他回忆说："那时候的我，真是孤独啊！"但是扎曼先生没有放弃希望、丧失自我，在经过了一年多艰苦的瓶颈期之后，他和人合伙开办了一家咨询公司。扎曼先生就用一台电脑、一部电话和一部传真机，在亚特兰大那间被他戏称为"扎曼市场"的地下室里，为微软公司和酿酒机械集团等著名公司提供咨询。直到后来，扎曼先生为微软公司、米勒·布鲁因公司为代表的一大批客户成功地策划了一个又一个发展战略。

扎曼先生在咨询领域终于成绩斐然，甚至连可口可乐公司也来向他咨询，并请他回来整顿公司下一步的工作。可口可乐公司的总裁罗伯特也不得不承认："我们因为不能容忍扎曼犯下的错误，而丧失了一定的竞争力。实际上，一个人只要行动，就难免会摔跟头。"

人生难免会摔跟头，一时的失意并不可怕，一个人只要不失去希望、失去志向，就能突破人生的瓶颈，赢得属于自己的一片天空。历史上许多伟人，许多成功者，都有过失意的时候，而他们都能够做到失意而不失志、从头做起，都能做到胜不骄、败不馁。

泥泞才能留下脚印

在鉴真和尚刚刚剃度遁入空门的时候，住持就让他做了寺里谁都不愿意做的行脚僧。

有一天，日上三竿了，鉴真依旧躺在那里大睡不起。住持很奇怪，他轻轻地推开鉴真的房门，却见他的床边堆了一大堆破破烂烂的芒鞋。住持就叫醒了鉴真，问他："你今天不外出化缘，堆这么一堆破芒鞋做什么呢？"

鉴真打了个哈欠说道："别人一年一双芒鞋都穿不破，我这刚剃度一年多，就穿烂了这么多双鞋子，那你看，我是不是也该为庙里节省些鞋子啊？"

住持一听就明白了，对他微微一笑，说道："昨天夜里落了一场雨，你现在就随我到寺院前面的路上走走吧。"

寺前是一座黄土坡，由于刚下过雨，路面自然是泥泞不堪的。

住持拍着鉴真的肩膀说："鉴真，你是愿意做一天和尚撞一天钟呢，还是想做一个能光大佛法的一代名僧？"

鉴真立刻回答说："我当然希望能光大佛法，做一代名僧啊。"

住持颔首一笑，说："嗯，那你昨天是否在这条路上走过呢？"

"当然。"

"那你看看，能找到自己的脚印吗？"

鉴真十分不解，说道："昨天这路又平坦又硬实，小僧又哪里能找得到自己的脚印呢？"

住持又笑笑说："那你再看看，今天我俩在这路上又走了一遭，你还能找到你的脚印吗？"

鉴真看了看脚下留下的脚印，说道："那当然能了。"

住持听了，微笑着又拍了拍鉴真的肩："是呀，只有泥泞的路上才能留下脚印的，世上芸芸众生莫不如此啊！那些碌碌无为的人，不经风不沐雨，一生都没有起伏，就像把一双脚踩在又平坦又硬实的大路上，脚步一抬起，却什么也没有留下来。而那些经风沐雨的人，他们在苦难中跋涉不停，就像一双脚行走在泥泞的路上。当他们走远了，他的脚印却在印证着他们行走的价值。"

鉴真听完，一下子恍然大悟，他惭愧地低下了头。

生活小智慧
SHENGHUO XIAOZHIHUI

只有走过风雨踩过荆棘的人，才会真正体会自己生命的价值，才会筑造辉煌的人生。而那些只在坦途上行走的人，虽然也有成功，但他们却永远都体会不到，凄风苦雨之后，美丽的彩虹出现在天空之时的那份壮美的心情。

开着奔驰车来接你

施罗德出生在一个非常贫困的家庭里。在他出生后的第三天，父亲就战死在罗马尼亚。他的母亲靠着当清洁工的一点收入，艰辛地带着他们姐弟二人，一家三口相依为命。

生活的艰难，使母亲欠下了许多债务。有一天，债主逼上门来，母亲没有钱还债，只能抱头痛哭。年幼的施罗德拍着母亲的肩膀，一字一句地安慰她说："别伤心，妈妈，总有一天，我会开着奔驰车来接你的！"

40年后，施罗德的母亲终于等到了这一天。施罗德担任了下萨克森州要职，真的开着奔驰车，把母亲接到了一家大饭店，为老人家庆祝她的80岁生日。

施罗德在取得成功之前经历了许多磨难。施罗德刚刚初中毕业的时候，因为交不起学费，只能辍学到一家零售店当了学徒。贫穷给他带来太多的被人轻视、被人瞧不起的经历，这使他立志，一定要改变自己的人生："我一定要从这里走出去。"

他开始寻找机会，他想继续学习。他辞去了店员之职，来到一家夜校。他一边学习，一边到建筑工地当清洁工人，这样，他不仅使自己的收入有所增加，而且也能够圆了他的上学梦。

4年夜校结业之后，紧接着，施罗德又进入了哥廷根大学的夜校，开始努力钻研法律，继而圆了自己想上大学的梦想。毕业之后他就当了一名律师，在他32岁的时候，施罗德当上了汉诺威霍尔律师事务所的合伙人。在回顾自己的这些经历的时候，施罗德说："每个人都要通过自己勤奋的努力接受教育，而不是通过父母的金钱来使自己接受教育。这对个人的成长是至关重要的。"

通过对法律的研究，施罗德开始对政治产生浓厚的兴趣，于是他积极地参与政党集会，最终加入了社会民主党。此后，施罗德逐渐崭露头角，随着他的步步提升，很快就担任了哥廷根地区的主席，并得到政界的肯定，后来施罗德当选了议员，紧接着又当选为下萨克森州总理，并获得两次连任。政坛得志，更激起施罗德想做联邦政治家的雄心。终于在1998年10月，他如愿以偿走进了联邦德国的总理府。

在漫长的人生之旅中，那些立大志、担大任者，往往都饱经磨难、备尝艰辛。其实又何止于此？每个人都会遇到逆境，如果不想在逆境中沉沦，那么我们就要直面坎坷、奋起抗争。只要以坚忍不拔的意志奋力拼搏，我们就一定能够冲出逆境，成就大事。

因祸得福的书生

有一个年轻的书生，他自幼天资聪颖、勤奋好学。无奈在那个贫瘠的小村里，没有一个好老师可以教他。于是，书生的父母决定变卖家产，无论如何也要让孩子外出求学。

这天天色已晚，饥肠辘辘的书生准备翻过山的那边再找户人家借住一宿。他走着走着，忽然从树林里窜出一个拦路抢劫的山匪要对他打劫。书生立即拼命地往前逃跑，无奈体力原本就弱，再加上肚里没食，在山匪的穷追不舍之下，眼看着书生就要被追上了，正在走投无路之时，书生一急之下就钻进了一个山洞里。

山匪见状，哪里肯就此罢手？他也紧追不舍地进入山洞里。洞里一片漆黑，在洞的深处，书生终究未能逃过山匪的追逐，最后还是被那山匪给逮住了。一顿毒打自然是免不掉了，书生身上的所有钱财及衣物，甚至还有一把早已准备好的，专门给自己夜间照明用的火把，都被山匪一掳而去。山匪留了他一命，头也不回地走了。

不曾想，这山洞极深极黑，且洞中有洞，纵横交错。书生只顾逃命，山匪只顾追赶，他们到底走了多远，自己都不清楚。现在连山匪也不见了，书生只好在黑暗中寻找洞的出口，

　　山匪将抢来的火把点燃，他能看清脚下的石块，也能看清周围的石壁，因而他既不会碰壁，也不会被石块绊倒，但是，他走来走去，无论如何就是走不出这个洞，最终，山匪迷失在山洞之中力竭而死。

　　书生失去了火把，再没有了照明工具，他只好在黑暗中摸索行走，时不时地碰壁，时不时地被石块绊倒，跌得鼻青脸肿，走得十分艰辛。但是，正因为他置身于一片黑暗之中，所以他的眼睛变得非常敏锐，能够感受到洞外透进来的任何一点微光。他迎着这缕微光慢慢地摸索爬行，最终逃离了山洞。

　　如果没有黑暗，又怎么可能发现光明呢？不要害怕黑暗，更不能因黑暗而绝望，否则，你将被无边的黑暗所淹没。"光明和黑暗只在一线间。"一个人虽身处黑暗之中，但心中一定要充满希望，因为黑暗并不可怕，它只是光明来临的前兆而已。

越谦逊越接近高尚

从前有一位陶工，他随兴制作了一个精美的彩釉陶罐，兴高采烈地把这个精美的陶罐搬回家中，放在了屋角的一块石头上。

陶罐却认为主人把自己放错了地方，整天唉声叹气地抱怨说："唉！我这么漂亮、这么精致，完全应该把我放到皇宫里面作收藏品的！即使摆放到商店里面展出待售，也比待在这墙旮旯儿强啊！"

陶罐屁股底下的石头听了，忍不住就劝它说："别难过了，我比你待的时间长多了，你看这儿不是也挺好的吗？"

陶罐听了，不耐烦地讥讽石头说："你算什么东西啊？只不过是一块垫脚的石头罢了，你有我这么漂亮的图案么？知道吗？和你在一起，我真感到羞耻。"

石头争辩说："我确实不如你漂亮也没有你那么好看，可能我生来就是做垫脚石的，但是在完成本职分内的任务方面，我可不见得比你差……"

"住嘴！"陶罐听了，愤怒地说，"你怎么敢和我相提并论啊！哼，你就等着看吧，要不了多久，我一定会被送到皇宫成为收藏品，人们早晚会知道我尊贵的价值……"它越说越激动，一阵风吹来，它不由得摇晃了一下，

"哗啦"就从石头上掉了下来，摔成了一堆碎片。

　　一年又一年时间很快就过去了，陶工的房子也早已倒塌了。一个又一个王朝覆灭了，石块和那堆陶罐碎片早被遗落在荒凉的历史中，上面积满了渣滓和尘土。许多个世纪后的某一天，一个偶然的机会，人们掘开了那厚厚的尘土，发现了那块石头。

　　人们把石块上的泥土刷掉，石头一下子就露出了晶莹的光泽。"啊，这可是一块价值连城的宝玉啊！"一个人惊讶地喊道。

　　"谢谢你们！"石块开心地说，"我的朋友就在我的旁边，请你们把它也发掘出来吧，它一定闷得受够了。"

　　人们却只见到一些陶罐的碎片，捡起来翻来覆去地查看了一番说："这只是一堆普通的陶罐碎片，没什么价值。"说完就头也不回地走了。

　　在生活中，要想最大限度地发挥自己的能量，获得社会的承认，你就必须脚踏实地，根据自己的特长和爱好选准适合自己扮演的社会角色，就像石头那样，经得住时间的考验。而陶罐因认不清自己，把自己摆错了位置，到头来白费力气，一事无成。

拿得起也要放得下

　　有一家名气很大的合资公司，正在招聘一名总经理助理，年薪高达20万，一时间应聘者云集。李海以自己优秀的素质和傲人的学历，过五关斩六将，在众多的应聘者中脱颖而出，成为最后一轮的面试者之一，而他的最后一关，是由外方总经理亲自设计的面试。

　　总经理对最后的这几位面试者，分别都进行了长达几个小时的面试，希望从中选出最棒的一位。李海从经营方略到内部管理、新品开发等方面，一一阐述了自己的想法。总经理认真地听着，不时还会赞许地点点头，显然，他对李海感到很满意。

　　"好了，就这样。"总经理说，"我们都讲了大半天，你也一定口渴了吧？我也有些口渴，请你去买两瓶矿泉水来。"说着掏出了一张百元大钞递给李海。

　　李海走到街上，用这张百元大钞买了两瓶矿泉水，回来的时候把剩下的钱也一分不差地连同矿泉水一起交给总经理，他认为这可能也是考试的一部分内容。

　　果然，总经理打开了其中的一瓶矿泉水说："这是今天测试的最后一道题目。你给我留下了很好的印象，如果这道题你能回答得让我满意，那么你就会通过今天的测试，成为我的助理。这道题是这样的：假如有人想要害我，在这两瓶矿泉水的一瓶之中掺进了毒药，当然目标并不是针对你的，可是现在我命令你先尝一尝。"

李海没有想到，自己所面临的竟是这样的一种测试。他慢慢地说道："我明白，作为一个公司总经理的副手，我必须对公司和总经理本人具有极高的忠诚，而我也知道，这两瓶矿泉水中根本就没有毒药。所以按正常的思维，为了你能录用我，我应该毫不犹豫去尝。可是老板，我却不能尝的，虽然我很想得到总经理助理这个位子，可是，我认为我的人格更重要。但是如果不是为了测试，而是你的生命真正的受到了威胁，那我可以用其他的办法来保护你，却不是以我自己的生命做代价。"

总经理微微一怔，却立刻发怒道："这次应试者有上万人之多，我是在万里挑一，你知道吗？别说让他们喝这根本就没有毒药的矿泉水，我就是真的让他们吃屎，也会有人吃的！"

李海正色道："对不起，我认为你刚才说的这些话，与你的身份地位很不相称。如果这是你真实的想法，那么我觉得今天的测试可以到此结束了。"说着，他起身就要离去。

总经理立刻哈哈一笑，和颜悦色地说："太好了！这正是我想要的人品！李海，我非常欣赏你的才智和人品。祝贺你，今天的测试你通过了。就从今天起，请你做我的副手吧！"

不曾想，李海却严肃地说道："招聘是双向选择，您对我

的测试通过了，但是我对您的测试却还没有最后通过。我可以做您的副手，但是我保留自己随时炒掉您的权利！"

李海的一番话，说得在场所有的人都睁大了眼睛，只有总经理一个人喜笑颜开地竖起了大拇指。

生活小智慧
SHENGHUO XIAOZHIHUI

拿得起是一种勇气，放得下是一种肚量，这是一个人的修养，也是人生处世之真谛。这两种品格，反映的是生命的品质和品位。幸运的是李海既能拿得起，又能放得下。

心儿打开，手递过去

打开心扉、伸出你的手去帮助别人，因为我们给予的越多，收获的也就会越多。你只有真诚地对待别人，别人才会真诚地对待你。所以"帮助别人"这个美好的信念，总是给人的一生带来巨大的幸福，这是一张在人际社会永远都受欢迎的门票。

宽宏大量吕蒙正

　　宋朝的吕蒙正，是一位心胸开阔、宽宏大量的人，很不喜欢与人斤斤计较。他在刚任宰相的时候，有一位官员躲在帘子后面指着吕蒙正对别人说："难道他这样一个无名小子也配当宰相吗？"吕蒙正听得清清楚楚，却假装没有听见，看也不看地迈着大步就走开了。

　　可是其他的参政却为吕蒙正感到愤愤不平，觉得面子上很挂不住，就商量着准备去查问一下，到底是什么人竟敢如此胆大包天指名道姓地说这种话？吕蒙正知道后，就急忙上前阻止了他们。可是直到散朝以后，那些参政还在替吕蒙正感到不值，后悔刚才没有及时的找出那个乱说话的人来。

　　吕蒙正却对他们说道："如果一旦知道了这个人的姓名，那么我们大家恐怕就一辈子也不会忘掉了。如果是这样的话，那么我们就会每天都耿耿于怀的，那又是多么不好啊！你们可千万不要再去查问此人是谁。其实，不知道这个人是谁，对我也并没有任何的损失呀！"吕蒙正的这一番话，说得大家都心服口服，在场的所有人都佩服他气量宏大，的确不是一般的人所能比的。

　　常言说"宰相肚里能撑船"，这话看来一点都不假。在生活中，我们也经常会碰到那些向我们无缘无故口吐恶言的人。如何对待别人的"恶言"？吕蒙正的做法的确是非常值得我们学习的。面对疯言恶语，我们只有两种选择：要么沉默，要么用高尚的人格去感化对方。

智障儿的人生舞台

因为小时候患脑膜炎，佛尔留下了智障的后遗症。因为智商比正常孩子低很多，所以佛尔在小的时候，他的学习是很吃力的，在家里好不容易学会了的内容，刚一进学校他就全都忘了。到了12岁的时候，佛尔只好退学了。

退学以后，妈妈就为他找来了一位师傅教佛尔理发，希望他将来能够自食其力。理发是非常讲究技巧的一门技术，所以对于佛尔来说，这就要比一般的人困难很多。佛尔学习理发是相当认真的，他买了四五个美发的模型回家研究与练习。佛尔跟四个师傅学习过，还在别人的理发店里打过工。

佛尔从12岁就开始学习，他用了整整10年的时间，才开始慢慢地能给别人理发。虽然他已经22岁了，但智商比同龄人低很多。几年前，由家人出资，帮助佛尔开了一家小理发店，希望能够让他多接触接触社会，同时也能赚点钱，来改善他自己的生活环境。

对于佛尔来说，这个小小的理发店，不仅是他的一个工作岗位，更是他的人生舞台。在家人和一些热心的朋友关心下，佛尔总算在这个社会上，有了属于自己的小天地。他一直觉得给别人理发是他最开心的事情，所以一干就是近20年的时间。

　　不难想象，像他这样的一个人能踏上这个人生舞台，对佛尔和他的家人来说，是多么的不容易。经过了20年的坚持和努力，佛尔理发的手艺进步很大，甚至比其他理发店剪得还要好。虽然刚开始大家还不太放心佛尔的技术，但只要试过一次就不会再怀疑，店里的生意也慢慢地好了起来，每个月都有不错的收入。

　　佛尔还参加了职业技能的培训，最终获得了国家劳动和社会保障部门颁发的高级技能职业资格证书，当负责培训的工作人员将证书交给佛尔时，对他说："明年我们还会送你去参加培训。"佛尔却忽然抬起头，认真地说："到时候我想成为技师。"技师是理发行业中最高的资格，佛尔在这个舞台上，还有着更大的抱负。

　　身为智障的佛尔能够站到自己的人生舞台，离不开家人的支持，更离不开他自己不懈努力和永不放弃的信念与坚持。我们要善于分析自己的长处和弱点，认清自身的优势，找到自己兴趣和能力的最佳契合点，只要坚持不懈付出努力，就一定能大放异彩、获得成功。

没被淹死的黑孩子

　　货轮在海面上激烈地颠簸着，艰难地向前行驶着。风浪太大了，一个在船尾搞勤杂的黑人孩子，一个不小心就掉进了波涛滚滚的大西洋。没有人知道他掉了下去，尽管他大声呼救，但根本就没有人能够听得见，望着渐行渐远的货轮，孩子在海水中难受极了。

　　孩子使出全身的力气在冰冷的海水中游动着，求生的欲望让他自己努力地浮出水面，睁大眼睛盯着轮船远去的方向。

　　可是船越来越远，船的影子也越来越小，到后来，什么都看不见了，只剩下一望无际的汪洋。孩子实在游不动了，在他的潜意识中认为自己就要沉下去了。

　　"算了吧！"他对自己说。可是这时候，他的脑海中却忽然出现了老船长那张慈祥的脸和友善的眼神。不，船长知道我掉进海里后，一定会回来救我的！想到这里，他又鼓足了勇气，用生命中最后的力量向前游去……

　　船长终于发现了那个黑人孩子失踪了，他当场就断定，孩子一定是掉进了海里，于是下令返航回去找他。这时，有人规劝道："都这么长时间了，就是没有被淹死，也一定会让鲨鱼吃掉了……"船长犹豫了一下，可他还是决定回去找。又有人说："为一个黑人孩子，我们这样做值得吗？"船长大喝一声："住嘴！"

就这样，他们返航了，就在孩子生命的最后一刻，他得救了。

当孩子苏醒过来，跪在地上感谢船长的救命之恩时，船长扶起了孩子问："孩子，告诉我，你怎么能坚持这么长时间啊？"

孩子用微弱的声音答道："我知道您会来救我的，一定会的！"

"你怎么知道我一定会来救你？"

"因为我知道您是那样的人！"

听到这里，白发苍苍的船长泪流满面，扑通一声跪在黑人孩子面前："孩子，不是我救了你，而是你救了我啊！我为我在那一刻的犹豫而感到耻辱……"

生活小智慧
SHENGHUO XIAOZHIHUI

人生最美丽也是最公道的补偿之一，就是人们在真诚地帮助了别人的同时，也是在帮助和提升着自己。能够拯救别人，是一种莫大的荣耀和幸福。而在他人眼中的那种信任感，更是一种可以救赎我们灵魂的巨大力量。

心儿打开，手递过去

　　42岁的路克——美国犹他州土尔市的一位小学校长，在1998年11月9日这一天，他在雪地里爬行了1.6公里，历时3小时去学校上班，受到了路人和全校师生的热烈欢迎。

　　原来，在这学期一开学，为了激励全校师生的读书热情，路克曾公开打赌说："如果你们在11月9日前读15万页书，那么我将在那一天爬行着去上班。"

　　他的话激起了全校师生读书的热潮，连校办幼稚园那么大一点的孩子也加入到了活动中来，大家夜以继日，终于在11月9日前读完了15万页的书。有学生立刻打电话给校长说："你爬不爬？说话算不算数？"

　　也有人劝他道："你已经达到了激励学生读书的目的，就不要爬了吧。"可路克却坚定地说："一诺千金，我一定会爬着去上班的。"

　　与平常一样，路克于早晨7点钟离开了家门，所不同的是，他没有驾车去上班，而是四肢着地，一步一步地爬行着去上班。为了安全和不影响交通，他没有在公路上爬，而是在路边的草地上爬。过往汽车纷纷向他鸣笛致敬，有的学生索性跟在校长的后面和校长一起爬，一些新闻单位也前来采访。

经过3小时的艰苦爬行，路克磨破了5副手套，连他的护膝也磨破了，但他终于爬到了学校！全校师生都来夹道欢迎自己心爱的校长，当路克终于从地上站起来的时候，孩子们蜂拥而上，开心地拥抱他、热吻他……

一个人许下一个诺言很容易，因为它并不费力气，只需上下嘴唇轻轻那么一碰。但要履行自己的诺言，却要比许诺时难上一千倍！只有那些能够遵守诺言，并能够认真兑现诺言的人，才会唤起人们的感动，才会博得更多人的尊重。

女老师的一个吻

也许，是英文老师布朗小姐的厚此薄彼，才"造就"了一位美国总统。

在读高中毕业班时，查理罗斯是最受老师宠爱的学生。而他的英文老师布朗小姐，年轻漂亮、风度翩翩、极富吸引力，是校园里最受学生欢迎的一位老师。同学们都知道查理深得布朗小姐的赏识，他们都认为，若查理将来不成为一个人物，布朗小姐是不会原谅他的。

在毕业典礼上，当查理走上台去领取他的毕业证书时，受人爱戴的布朗小姐站起身来走上前去，当众吻了一下查理，向他表达了一个出人意料的祝贺。可是台下并没有发生哄笑、骚动与尖叫，反而是一片静默和沮丧。许多毕业生，尤其是男孩子们，对布朗小姐这样公开表示自己的偏爱感到愤恨。

不错，担任过学生年刊主编的查理，作为学生代表在毕业典礼上致告别词，他也曾是"老师的宝贝"，但这就足以使他获得如此之高的荣耀吗？典礼过后，有几个男生立刻包围了布朗小姐，为首的一位质问她，为什么如此明显地冷落别的学生？布朗小姐微笑着说，查理是靠自己的努力赢得了她特别的赏识，如果其他人有出色的表现，她也会吻他们的。

这番话使其他男孩得到了稍许的安慰，却使查理感到了更大的压力。他已经引起别人的嫉妒，成为少数学生攻击的目标。他决心毕业后，一定要用自己的行动来证明，自己是值得布朗小姐报以一吻的。毕业之后，他非常勤奋，很快就进入报界崭露头角，后来终于大有作为，被杜鲁门总统亲自任命为白宫负责出版事务的首席秘书。

查理之所以被任命担任这一职务，也并非是偶然的。原来，在毕业典礼上，感到备受冷落、带领男生包围布朗小姐的那个男孩子，正是杜鲁门本人。是布朗小姐亲口对他说："去干一番事业，你也会得到我的吻的。"

查理就职后的第一项使命，就是接通布朗小姐的电话，向她转述美国总统的问话："您还记得我未曾获得的那个吻吗？我现在所做的能够得到您的吻吗？"

白眼、冷遇和嘲讽，也许会让弱者低头走开，但对一个强者而言，这却是一种能够激发潜能的动力。对冷遇说声感谢吧，是它在逼迫着你竭尽全力。生活中，当我们遭到冷遇时，不必沮丧，不必愤恨，唯有尽全力赢得成功，才是最好的答复与反击。

节日快乐

好心的孩子

有一个小朋友，他平时就很喜欢研究各种生物，他尤其想知道，那些美丽的蝴蝶到底是如何从蛹壳里面出来的，然后又是怎样开始翩翩飞舞的。

有一次他去草原游玩，忽然发现在杂草的上面有一个蛹，便细心地取了下来。带回家中之后，他就天天守着那只蛹认真观察。过了几天以后，这个蛹果然出现了一条裂痕，他看见里面的幼蝶开始挣扎，想尽快突破蛹壳挣脱出来。

这个孩子默默地守在一边观看，那只幼蝶在蛹里面拼命挣扎着，这个过程竟达数小时之久，但它却始终没法子突破出来。这个孩子看得实在不忍心，就想：不如让我帮帮它吧，便随手拿起剪刀，小心地把蛹剪开了那么一点点小口，在他的帮助下，这只幼蝶很快破蛹而出。

可是这个孩子却发现，经他帮助过的幼蝶出来以后，臃肿的身体显得那么沉重。因为翅膀不足以有力地带动它的身体，所以这只幼蝶无论怎么努力，都飞不起来，只能在地上爬来爬去。就这样，那只蝴蝶此后再也没能飞起来过，因为它缺少一个锻炼翅膀的瘦身过程，它没有经过完整的奋斗过程，没有凭借自己的力量将蛹打开。

这个孩子后来才知道，每只蛹里的蝴蝶，在它们就要破壳飞出之际的最后几小时中，都必须经过一段辛苦的挣扎，而挣扎的过程实际上就是锻炼它那一对翅膀的过程，亦是使它身体变轻变小的过程。它只有通过自身的努力将这个蛹打开裂口出来，它才可以轻松自如的翩翩起舞。

　　这个好心的孩子用剪刀帮着幼蝶剪开蛹壳，的确是使蝴蝶轻而易举地出来了，可是它的翅膀没经过撕破蛹壳的奋斗过程，所以是没有力气的。孩子想帮蝴蝶的忙，结果反而害得蝴蝶再也不能飞翔。

生活小智慧
SHENGHUO XIAOZHIHUI

　　热心帮助别人是一件好事，但是我们也一定要看清情况，否则就会好心帮了倒忙。人生的成长过程，常常需要经历痛苦的挣扎与不懈的努力，这个过程本身就是将我们锻炼得更加坚强、更加成熟也更有力量。不懂其中道理却按照自己的想法恣意妄为，就会带来更大的麻烦。

自作聪明的旅行者

　　一个生物学家向导，带着七个旅行者，结队到达南太平洋的一个小岛。在那个海岛上有许多用来孵化小龟的巢穴，那是太平洋绿海龟留下的。他们到那里，就是想实地观察一下幼龟离巢进入大海的全过程。

　　成年的太平洋绿龟的体重在150公斤左右，但幼龟的体重还不及它的百分之一，幼龟一般是在四五月间离巢而出，争先恐后地爬向大海。只是从龟巢到大海之间，需要经过一段很长的沙滩，稍不留心便可能成为海鸟的食物。

　　旅行者上岛时已近黄昏。很快，他们就发现一处大龟巢，有人看到一只幼龟率先把头探出巢穴，却欲出又止，似乎在侦察外面是否安全。正当幼龟踌躇不前时，一只老鹰突兀而来，它用尖嘴啄着幼龟的小脑袋，企图把它拉到沙滩上去。

　　旅行者们紧张地看着眼前的一幕，其中一位焦急地问："向导，你得想想办法啊！"向导却若无其事地回答道："叼就叼去吧，自然之道嘛，就是这样的。"向导的回答，却招来旅行者"不能见死不救"的抗议。向导只好很不情愿地抱起小龟走向大海。

　　然而接着发生的，却使他们大为震惊！向导刚刚抱走幼龟，成群的幼龟立刻从巢中鱼贯而出！原来那一只幼龟是小龟群的"侦察兵"！一遇到危险就会返回龟巢。现在做侦察的幼龟被人为地引向了大海，巢中的幼龟以为外面很安全，于是就开始争先恐后地结伴而行。

沙滩上无遮无挡，很快引来许多食肉鸟，它们大大的饱餐了一顿。

"天啊！"有个旅行者叹息到："看看吧，我们这是做了些什么啊？"

说话间，数十只幼龟已经成了鹰、海鸥的美餐！向导赶紧脱下头上的棒球帽，迅速抓起数十只幼龟放进帽中，立刻向海边奔去。旅行者也都学着他的样子，气喘吁吁地来回奔跑，就算是对自己过错的一种补救吧。

看着数十只食肉鸟吃得饱饱的，发出欢乐的叫声，几位旅行者也都低垂着头，向导发出悲叹："如果不是我们所谓的帮助，也许这些海龟就不会受到这么大的伤害了！"

大自然中各种生物都有着自己的行为规律，我们千万不要自作聪明，人为地去拯救什么、帮助什么或者改变什么。要想真正地帮助它们，首先就是要彻底了解它们的习性。我们在为人处世的时候也是这样，一定要详细了解情况，这样你才不会帮倒忙。

奇妙的小蓝裙

  一个镇上的小学，来了一位年轻的新老师。一开学的时候，老师就向小朋友们宣布，这个学期谁最努力，谁对班级的贡献最多，老师会亲手做一件礼物送给他。转眼这个学期就要结束了，有位小女孩的改变非常大，所以她得到了这个奖——老师做了一件非常漂亮的小蓝裙子送给了她。

  小女孩开开心心地跑回了家，把这条小蓝裙拿给妈妈看，妈妈喜出望外地鼓励她穿起来。可是穿起来后，却怎么看怎么不对劲。怎么回事呢？噢，原来小女孩浑身都脏兮兮的，与漂亮的小蓝裙很不协调。

  于是妈妈替小女孩梳洗了一番，又换上了一件干净的衣服，这时再穿上小蓝裙，妈妈的眼前一亮："哇，好一个亮丽的小公主！"小女孩一下子就像变了一个人似的，小女孩与妈妈都非常开心。

  过了一会儿，妈妈又觉得哪里不对劲了，原来是由于平时不注重整理，家里到处都是脏兮兮一团糟，看上去与穿着小蓝裙的漂亮女儿很不协调，妈妈叹了一口气说："就像一朵鲜花插在了牛粪上！"于是，母女联手收拾家里，只一个下午的工夫，家里就焕然一新。

  傍晚，爸爸下班回到家里，他一进门就急着往外走，还以为是自己进错门了。到了第二天，爸爸在要上班的时候，一出门看到庭院里杂草丛生，觉得与家里的环境很不协调，于是决定请假在家，彻底整理庭院，还粉刷与整修房屋，他只用了三天的时间，就把他们的房子完全变了个样，一栋整洁亮丽的房屋就出现在他们所住的那条街道上。

邻居们看到了他们的房子如此的整洁干净，不禁也对自己住的地方不满意起来，于是一个月后，一条整齐清洁的街道就出现在这个小镇上了。

生活中的连锁效应真是不胜枚举，只要一个人做了，其他的人如果也觉得好，自然就会跟着做起来。经常做一些美好的事情，积极鼓励和赞美他人，就会产生奇妙的连锁反应。

微笑着撑过去，就是胜利

人生就像喝苦丁茶，唯有苦中的那缕芬芳，最是回味绵长。生命的里程充满太多的雨雪风霜，在失败和险境面前，只有微笑着撑过去，才能让生命之舟在乘风破浪的同时，也享受着蓝天、白云和阳光的美妙。

微笑着撑过去，就是胜利

正当人生花季的爱丽丝刚刚20岁，在这样的年龄本该是无忧无虑的，可是在她忧郁的脸上从来都没有一丝笑意。她总是打不起精神，认定任何幸福都不会眷顾自己。看到周围的年轻人快快乐乐地生活工作她也很羡慕，却认为自己远离幸福，更不会得到真正的爱情。

在一个阴雨连绵的下午，忧伤的爱丽丝去拜访一位有名的牧师，希望他能解除自己内心的痛苦。牧师握了握她的手，却被她那双冰凉的手冷得心都在颤抖……他仔细打量着这个可怜的女孩，发现她黯淡的眼神里没有任何光彩，还透露出一种绝望的神情。她低哑的声音仿佛来自墓地，她的整个身心都好像在对世界哭泣！

"我是这个世界上最不幸的女人……我不知道上帝为什么对我如此不公？"

牧师请爱丽丝坐下来，亲切地跟她谈话，渐渐地找到了她痛苦的根源。最后他告诉爱丽丝："爱丽丝，你只要按照我说的去做，你就会发生改变的。"他首先要爱丽丝去给她自己买一套漂亮的新衣服，然后再去变换一个新的发型。他希望爱丽丝能打扮得漂漂亮亮的，好和他一起去参加他的朋友在星期二举办的晚会。

爱丽丝却一脸哀怨地对牧师说："我想这没有用的，因为没有人会需要我，在晚会中我什么都做不了，我还会像原来那样忧心忡忡。"牧师充满信心地对她说："需要你做的事情其实很简单，就是与我的朋友一起照料客人。因为晚会上人很多，他们当然会非常高兴我能介绍你去协助他们。"

望着牧师真诚的目光，爱丽丝心里升起几分自信，眼睛里闪着难得的光彩，她认真地点了点头 。到了星期二这一天，她把自己打扮得衣衫得体、发式入时，准时来到了晚会上。按照牧师与朋友的吩咐，她尽职尽责地招呼着客人，帮助来宾递送饮料，在宾客之间穿梭不息、来回奔走着。由于她始终在尽心尽意地帮助别人，已经完全忘记了自己。她的眼神活泼，笑容可掬，不知不觉就成了晚会上一道美丽的彩虹，到了晚会结束的时候，竟有好几位男士希望能送她回家。

在后来的日子里，爱丽丝再也没有忧伤过，因为她被热烈地追求着，已经没有时间再去忧郁了。到了结婚的年龄，爱丽丝选中了一位令她倾心的男子，并戴上了订婚戒指。

在婚礼上，有人对这位牧师说："是你创造了奇迹！"牧师却说："不，是她为自己创造了奇迹，我只是帮助她建立了信心而已。要知道，任何人都不能自怨自艾、自暴自弃，都应该好好善待自己、敞开心扉，去接纳别人、帮助别人。爱丽丝懂得了这个道理，所以她才创造了奇迹。所有的女人都可以拥有这个奇迹，只要你心中有这个愿望，你就能让自己变得更加美丽。"

生活 小智慧
SHENGHUO XIAOZHIHUI

　　一个人只要生活在这个世界上，就会遇到很多烦恼。但是，痛苦和快乐是取决于你自己的选择。面对生活的挑战，你是笑着走过去还是哭着走过去？再不顺的生活，我们都要微笑着撑过去，微笑就是胜利！和别人一起开心地笑吧，你的人生也会变得更美好。

天才的苦难历程

　　莫非上帝把天分搭配几倍异于常人的苦难，同时赠送给了小提琴家帕格尼尼？而他却是一位善于用苦难的琴弦把音乐演奏到极致的人。

　　在帕格尼尼4岁的时候，一场麻疹和强直性昏厥症，使他险些白布裹尸装入棺材。到了7岁，又差一点死于猩红热，而13岁的时候他又患上严重肺炎，不得不进行大量放血治疗。到了中年，帕格尼尼依然是多灾多难。46岁时他的牙床突然长满脓疮，只好拔掉大部分的牙齿。谁知牙病刚愈，却又染上了可怕的眼疾几近失明，幼小的儿子成了他手中的拐杖。到了50岁后，关节炎、肠道炎、喉结核等等多种疾病一起吞噬着他的肌体。后来连他的声带也坏了，只能靠儿子按他的口形作翻译来与人沟通。他艰难地活到58岁的时候，再也没能躲过命运的劫难，终因肺结核而口吐鲜血死去。死后连尸体也备受磨难，先后被搬迁了八次之多。

　　不可否认帕格尼尼是一位天才。他3岁就开始学琴，12岁举办首场音乐会而一举成功，轰动舆论界，琴声传遍法、德、英、意、奥、捷克等国。他的演奏使首席提琴家罗拉惊异得从病榻上跳下来。他的琴声使观众欣喜若狂，在意大利的巡回演出产生了魔力般的神奇效果，甚至传说他的琴弦是用情妇的肠子制作，魔鬼又暗授妖术。歌德赞誉他是"在琴弦上展现了火一样

的灵魂",李斯特却大喊:"天啊,在这四根琴弦中包含着多少苦难、痛苦和受到残害的生灵啊!"

到底是苦难成就了天才,还是天才离不开苦难?历史上很多的天才人物都曾遭遇类似于帕格尼尼的磨难,这些非凡的磨砺,打造出相似的人生。西方文艺史上的三大怪杰——弥尔顿、贝多芬和帕格尼尼,居然不是瞎子就是聋子,还有一个变成了哑巴!然而这些苦难对于他们来说,更多的是对心性的锻造,并不能摧残他们的意志与才华。小提琴大师帕格尼尼坚韧的一生似乎在告诉我们:人生的任何苦难都是可以超越的。

华盛顿说:"衡量一个人成功与否,不完全是以他在生活中所得到的地位为标准的,而是由他在努力通往成功的路上越过的障碍多少作为尺度的。"不要抱怨命运不公,而要学会调整心态。要想获得生活的幸福与美满、事业的成功与辉煌,那么你就必须积极地面对生活。

善待自己，迎接挑战

在一所学校里有一位看上去非常可怕的女老师——在她的左半边脸上，有一块很大很大的黑胎记，看上去阴森森的好吓人。但是出乎大家意料的是，她的老公竟然是一位风度翩翩、长相非常英俊的美男子。每到放学时，好多女生赖在学校里不走，就是为了看一眼前来接女老师的那位大帅哥。

有一年，这位"可怕"的女老师成了高二六班的班主任。刚开始时，班里的同学都很不自然，甚至有人还掩口而笑；到了上半学期期末，大家已经开始交口称赞女老师了；到了高二结束的时候，班里几乎所有同学都已经把女老师视为知己，甚至连自己埋藏已久的小秘密，都很愿意向她和盘托出。

这一系列变化都源于女老师那开朗、公平和乐观的态度。她这样给学生们讲述自己的过去：

"大学之前，我一直为自己丑陋的相貌而自卑，脾气也坏极了，几乎没人理我。大一时，我遇到了改变我命运的哲学老师。我至今还记得他那句让我永生难忘的话，其实很简单：'生得不漂亮你可以怨天尤人，活得不漂亮你只能打自己耳光。'

"这句话犹如醍醐灌顶，让我茅塞顿开。从此，我彻底改变原来的性

情，变得阳光、开朗和积极。毕业的时候，我以优异的成绩、独特的个性和雄辩的口才，征服了院里所有的人，是院长亲手把每年只有一个名额的'魅力大学生'奖颁发给我的。我捧着奖杯那一刻满脸阳光灿烂，这又为我赢来了美丽的爱情。

"我之所以给同学们讲这些事情，是希望大家都能永远的记住：一个人可以生得不漂亮，但一定要活得漂亮。能做到这一点，那么世界上所有不可思议的美好，就会接二连三地来到你的世界里。就像丑陋如我，却依然赢得了你们美丽的心灵一样。"

SHENGHUO XIAOZHIHUI

美丽的外表当然可以为你赢来一些羡慕，可是，美丽的内心却可以为你赢来更多的尊重。羡慕的下一步可能是嫉妒，嫉妒的下一步就是仇视与贬损；尊重的下一步是信任，信任的下一步也许是推心置腹。你愿意得到哪一样呢？

漂亮的女孩

　　一个叫黄美廉的女子，自小就患上脑性麻痹症。众所周知，这种病状十分吓人，因肢体失去平衡感，手足便常乱动，仰着头，张着嘴巴，眯着眼，口里念叨着模糊不清的词语，模样十分怪异。这样的人实际上已经失去了语言表达能力，不亚于哑巴。

　　但黄美廉并没有对生活绝望，凭借着自己顽强的意志和毅力，考上了美国著名的加州大学，并获得了艺术博士学位。她通过手中的画笔，还有很好的听力，来抒发自己的情感。

　　在一次讲演会上，一个不懂世故的中学生竟然这样提问："黄博士，你从小就长成这个样子，为什么还能取得今天的成就，请问你怎么看你自己？"在场的人都在责怪这个学生不敬，黄美廉却十分坦然地在黑板上写下了这么几行字："一、我很可爱；二、我的腿很长很美；三、我的爸爸妈妈很爱我；四、我会画画，我会写稿；五、我有一只可爱的猫……"黄美廉写下了这么多对自己的看法。最后，她以一句话作为总结："我只看我所拥有的，不看我所没有的！"

生活小智慧
SHENGHUO XIAOZHIHUI

　　自信是成功的力量，只要你相信自己能成功，并以这种自信的心态去追求你想拥有的东西，在奋斗的过程中不怕挫折和失败，你就一定能成功！

没能喝到的甜咖啡

　　有一位年轻人毕业后，应聘到一个海上油田钻井队工作。在海上工作的第一天，领班要求他要在限定的时间内登上几十米高的钻井架，把一个包装好的漂亮盒子送给在井架顶层的业务主管。年轻人抱着盒子，快步登上通往井架顶层的狭窄舷梯；当他气喘吁吁、满头大汗地登上顶层，把盒子交给主管时，主管只在盒子上面签下了自己的名字，又让他送回去。于是，他又快步走下舷梯，把盒子交给领班，而领班也是同样，只在盒子上面签下了自己的名字，让他再次送给主管。

　　年轻人看了看领班，他犹豫了片刻，只好又转身登上舷梯。当他第二次登上井架的顶层时，已经浑身是汗，他觉得自己的两条腿抖得厉害。主管却和上次一样，只是在盒子上面签下了名字，就又让他把盒子送下去。年轻人擦了擦脸上的汗水，又转身走下舷梯，把盒子送下来，可是，领班竟然还是在签完字以后让他再次送上去。

　　年轻人很愤怒，但他尽力忍着不发作，他擦了擦满脸的汗水，抬头看着已经爬上爬下了好多次的舷梯，又一次抱起盒子，步履艰难地往上爬。当他上到顶层时，浑身上下早已被汗水浸透了，汗水顺着脸颊往下淌。他第三次

把盒子递给主管，业务主管看着他慢条斯理地说一句："把盒子打开。"

年轻人撕开盒子外面的包装纸，打开盒子——里面是两个玻璃罐：一罐是咖啡，另一罐是咖啡伴侣。面对此情此景，年轻人终于无法克制心头积郁的怒火，把愤怒的目光投向主管。主管却平静地对他说："把咖啡冲上。"此时，年轻人再也忍无可忍，"啪"的一声把盒子扔在地上，一字一句地说："我不干了。"

年轻人看着被他扔在地上的盒子，感到心里痛快了许多，刚才的愤怒也发泄了出来。

这时，主管站起身直视着他说："你可以走了。不过，看在你上来三次的份儿上我可以告诉你，你刚才做的这些叫作'承受极限训练'，因为我们在海上作业，随时都会遇到危险，要求队员要有极强的承受力，才能承受各种危险，以便成功地完成海上作业任务。很可惜，前面三次你全都通过了，只差这最后的一点点，你没有喝到为你自己冲的甜咖啡。"

生活小智慧 SHENGHUO XIAOZHIHUI

要学会克制，更要学会忍耐。你不习惯黑夜，但黑夜每天都会适时而来，你只要忍耐着，天就亮了；你不习惯寒冷的冬季，但冬天的脚步却在渐渐地逼近，你只要忍耐着，那春天还会远吗？面对挑战，我们只要把最坏的都挨过去，那么剩下的也就是好的了。

哈佛校长打工去

在哈佛大学有一个特别的校长，在他任职期间，曾做过一件让他极为得意的事。自从找到了一种特别感受之后，他便坚持每到学校放假的时候，就去做他喜欢的那些事情，多年来已经成了他的一种习惯。

他向学校请了3个月的长假，然后告诉家人说，自己要去做一次长途旅行，但是要去什么地方呢？却暂时还没有想好。不过，为了不让大家担心，他会在每个星期都给家里打个电话。交代清楚以后，他便一个人背着简单的行囊上路了——其实，他早就计划好了，要独自去美国南方的农村，尝试着过另外一种全新的生活。

到了农村正赶上农忙，他就先找了个农场做工，等农忙过后，他又找了一家饭店洗盘子。在田地里劳作时，他与他的帮工们一样，还时不时背着老板偷偷地吸一根劣质烟；在饭店清洗间工作时，他也学着偷懒的服务生的样子，小声跟自己的伙伴们说一会儿话。而这一切，都给了他一种前所未有的新奇和愉悦的感觉。

这位在整个学术界都赫赫有名的体面人物，最后居然是被人撵出来的。那是他在3个月的长假就要临近结束的时候，他找到的最后一家餐馆，当然工作也是刷盘子。不想刚刚干了几个小时，那位老板就皱着眉头走过来，往他的兜里塞了几美元，然后就打发他道："可怜的老头，你刷盘子的速度太慢了，我实在是无法忍受你，你赶紧走吧。"

这位"可怜的老头"不久就重新回到了哈佛，坐回了他的校长办公室。不知怎么的，他忽然觉得，周围这再熟悉不过的环境，居然变得既新鲜又有趣，在这里工作简直就是一种全新的享受。

没有谁会知道，在那3个月的长假里，这位已经两鬓斑白的校长，居然会像个淘气的孩子一样，给自己的人生搞了一次角色的大调换。但是对于他本人来说，这可是一次非常重要的"原始之旅"。在后来的日子，他干脆坚定地保持住了这个习惯，因为他发现，每一次这样的旅行，都能帮他清除心中积攒已久的那种单一工作的疲倦感，使他重返孩童的天真，从而更新鲜也更开心地享受现在所拥有的一切。

长期生活在一种固定的圈子里，久而久之我们的心灵便会不自觉地有一种沉淀，就像铁锈一样使人产生一种倦怠的感觉。定期给自己复位归零，彻底清除心灵的污染，是非常有助于我们回归本性、返璞归真的，同样也非常有利于我们更充分地享受现有的工作与生活。

善良融化妒忌的坚冰

　　如果说嫉妒是一把两败俱伤的利剑，那
么只有上善若水的心灵，才能转化和升华这种
负面的能量，使它变为激发我们向上进取的力
量。我们的心胸一旦开阔豁达起来，就能减少
许多不必要的纷争，把嫉妒转化成走向成功的
动力。

践行父亲的叮嘱

　　一场动荡，使他一夜之间就失去了曾经富庶无比的家园。这个不满16岁的小伙子只好来到一家规模不大的餐馆里打工。毕竟，填饱肚子是一件大事情，而他并没有多少力气做别的事情，只能在这里作一个很不起眼的服务生。好在他是一个勤快好学的孩子，而且做什么事情也从不计报酬，这使老板很快就喜欢上了他，甚至经常把他带回到自己的家里，让他跟自己的几个孩子在一起玩耍。

　　一天，老板告诉他说，某家有名的食品公司正在招聘营销人员，自己跟那里的经理关系挺不错，如果他喜欢去做销售，老板可以帮助他去引荐一下。就这样，这个孩子非常顺利地进入了那家大公司上班，负责推销并送货上门。

　　临上班的前一天晚上，小伙子的父亲把他叫到跟前说："儿子，我们的祖辈之所以能够成就那么大的家业，全是因为得益于一个遗训，叫作'日行一善'。你在外面闯荡的时候，我希望你也能够时刻记住这四个字。"

　　他的确没有辜负父亲的期望，真的把这四个字印在心中。当他满脸都是微笑，挨街挨巷地给那些商店送燕麦片时，他总是不忘帮店主给某人捎一封信，或者让那些放学的孩子顺便搭一下他的便车。他谨遵父亲的告诫，真的在实实在在的"日行一善"，他的善举使他得到大家的信任。在过去的几年中，他一个人的推销量占到了佛罗里达州总销量的40%，公司由此认定他是个能力非凡的人。5年后，他忽然接到总部的一份通知，说他将被派往墨西哥，统管公司在整个拉美的营销业务。

到了派驻地之后，在"日行一善"的帮助下，他又成功打开了拉丁美洲的市场。然后，他把加拿大和亚太地区也拿了下来。后来他被召回了美国，总部认命他为——年薪740万美元的首席执行官，这个人的名字就叫卡罗斯·古铁雷斯——在美国或者是在全世界，这个名字都被当成"奇迹"的代名词。当这个名字被美国猎头公司列入了可口可乐、高露洁等数家国际大公司的首席执行官候选人的时候，美国总统布什，在他竞选连任成功后，宣布提名请他出任下一届政府的商务部部长。而他如此辉煌的成就，都是来源于那四个并不起眼的字："日行一善"。

生活小智慧
SHENGHUO XIAOZHIHUI

那些能够使一个人的命运发生改变的因素，并非都是一些惊天动地的大事情，更多的机遇都取决于人们在日常生活中的一些持之以恒的小举动。"日行一善"，可以被我们视为改变命运的最简单的武器，因为凡是真心帮助别人的人，最后必然会得到别人的帮助。

不断摔倒的小男孩

在许多年以前，西雅图举行了一场别开生面的奥林匹克运动会，当时其中正在进行着一个特别的项目，一共有9名残疾人选手，聚集在100米赛跑的起点线上。

随着信号枪的一声脆响，这9名残疾人选手全部都开始起跑，实际上这种比赛还不能算是真正的冲刺式赛跑，而是看他们中，谁能最先跑完全程并赢得这场胜利。然而很不幸，在跑道上的这九位赛手中，有一个小男孩，忽然间就摔倒在塑胶路面上；小男孩儿立刻爬了起来坚持着向前跑去，可是没跑几步，他又一次跌倒了……当他再一次顽强地站起来，可是还没等他站稳，就又一次跌倒了……这男孩儿开始绝望地大声哭泣起来。

其他8名赛手都听到了男孩儿的哭声，不由得放慢了奔跑的速度，并且开始频频回头。然后，几乎是不约而同地，几位选手都向后转身，毫不犹豫地跑回到这个小男孩的身边……

一名患有唐氏综合征的女孩儿，在他的身边轻轻地弯下了身子，一边吻着他一边真诚地说道："我们在一起才会使事情做得更好。"说完，这9个人手挽着手，一起重新进发，最后，他们同时到达了跑道的终点。

　　这时候，体育场里掌声雷动，几乎在场的每一个人，都为这几位特殊的选手激动地站立了起来……他们在高声为这些参赛者的特殊举动而大声地欢呼着，激动人心的场面足足持续了好几分钟。凡是亲眼目睹了这一场面的人们，至今仍然在津津乐道，他们在向所有的人传播着这一动人的故事。

　　善良是我们对所有的人所必须具备的态度。真诚地对待别人，抱以友善的心态去和他人相处，在生命的旅途中帮助其他人获胜，帮助他人获得他们需要的事物……即使这样做意味着会降低自己前进的速度，并且可能改变我们自己的生活路程，便这样却更能显示生命存在的意义。

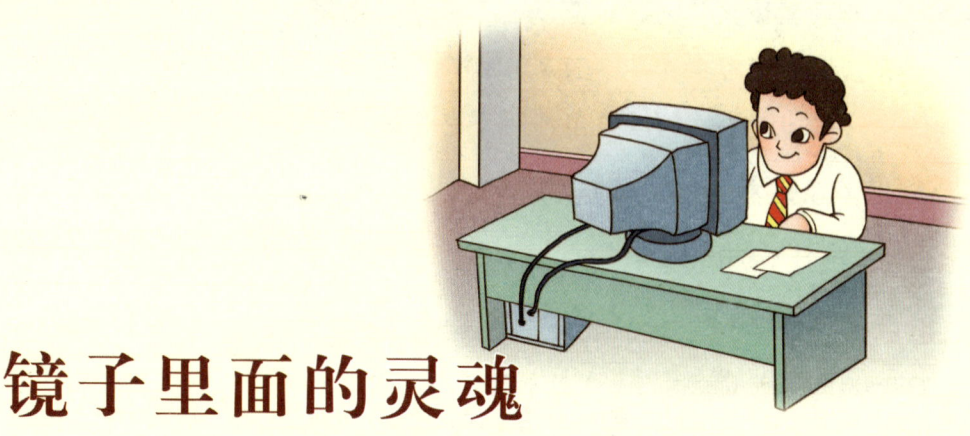

镜子里面的灵魂

有一个灵魂即将投胎转世，但是他听说，人世是一个苦海，那里的情形就好像是一个炼狱。人自一生下来，就会匆匆加入争名逐利、尔虞我诈的行列，并且终生对此津津乐道、至死不悔。这个灵魂听了，感到十分恐惧，就暗暗地祷告，祈求上帝不要让他转世做人。上帝听到后，就派了一名天使来到他的面前。

天使将灵魂带到一间宽敞的屋子，屋里摆着长长的一大排镜子。天使把灵魂带到一面镜子跟前，灵魂朝着镜子里一看，被吓了一大跳，他几乎想立刻逃走，但被天使一把拉住了。原来，镜子里面出现的并不是他的影像，而是一只极其丑陋的怪物。

灵魂感到很奇怪，他知道自己虽然算不上英俊，但也绝不会丑到这种地步。他心中不解，刚想问天使是怎么回事，天使却打着手势不让他发问，示意他看下一面镜子。于是，灵魂只好战战兢兢地来到下一面镜子前。果然不出所料，里面又是一只丑陋的令人恶心的怪物。

就这样，灵魂照过了几十面镜子，每次看到的都是比地狱里最丑陋的恶鬼还要丑陋的怪物。一直等到只剩下最后一面镜子的时候，天使忽然拉住灵魂站在那里，然后指着刚才照过的那些镜子说："假设这间屋子就是人间，那么你刚才照过的第一面镜子就叫作贪婪，第二面叫作妒忌……"天使依次说出了那些镜子的名字，它们有的叫骄横，有的叫自卑，有的叫凶残，甚至有的叫作刚愎自用等等。灵魂觉得，它们的名字都显得十分奇怪。

天使的话说完后，灵魂站在那里深思了很久，天使又把他带到了最后一面镜子跟前。灵魂立在这面镜子前，一下子就怔住了，因为这次里面再也没有任何怪物，只是平常的真实的自己。在目睹了那么多的怪物之后，此时此刻，他才能够面对真实的自己。虽然真实的自己极其平常，可是灵魂却感到了一种从来都没有过的亲切和真实，他感受着一种从来没有过的平静和幸福。

这时天使的声音在灵魂的背后响起："这只是一面平常的镜子，它的名字叫作良心。"

不久，灵魂转世了，天使闻信后叹息道："每一个转世的灵魂都把全部镜子带走了，但转世之后，所运用的又大多是前面的那些镜子，但愿你是一个还记得有最后一面镜子的灵魂。"

贪婪、自私、阴险、毒辣、卑鄙……这些东西竟是那样的丑陋！难怪没有一样不是令人厌恶的。其实，做一个好人很简单，就是牢牢地记住最后的一面镜子，不要让你的良心被丢弃在角落里独自哭泣！千万别忘了，要常常的去擦拭它，否则它将蒙满灰尘。

不要怀疑别人

那是9月里的一个美好的夜晚，郑怀一从他下榻的酒店的落地窗往外看去，维也纳有那么多金碧辉煌的宫殿通体明亮，但街上的行人却很少。走出饭店，郑怀一按地图所示，准备坐有轨电车去欣赏夜幕下的圣·斯捷潘大教堂。他上车后发现没有售票员，也没有投币机，可是他又不通奥地利语，郑怀一坚决不肯逃票，正拿着钱尴尬的时候，一位穿着非常暴露的少妇指着他拿钱的手，摇手示意。

难道是在鼓励他逃票吗？或者认为他钱不够？郑怀一疑惑着。少妇见状，干脆走上来，指着他的手要他把钱塞回上衣口袋里去，又指了指车，双手抱胸，闭眼，仰头，做一个若无其事状。啊，郑怀一终于明白了，这环城的电车大概是免票的。

到站了，她又示意郑怀一跟她走，街上行人还是很少，郑怀一脚步迟疑着，心里开始七上八下：她是干什么的？难道是骗子？看她那么坦然真诚的样子又不像，否则用那种眼光揽活也太不职业了。难道看不出像自己这样只能坐电车的游客，身上没有几个钱啊……要不，是个"托儿"？绑了肉票，向代表团勒取赎金的？另外，圣·斯捷潘大教堂真有那么远吗？

安静的巷子里只有她的皮鞋声，她看上去像北欧种马一样壮实，结实的背阔肌将衬衣胀得像藕节或素鸡一样，整个人比自己高出半头，真要动手，她一拳就可以把自己打翻在地……正在郑怀一用各种想象将她妖魔化时，小巷一拐，眼前立即一片流光溢彩，大教堂如同一座琉璃山耸立在广场上！她回过头来，对郑怀一灿烂一笑：拜拜！随后迅速消失在夜幕里，只剩下郑怀一歉疚地看着她的背影……

郑怀一不禁又想起几天前的那把雨伞来。8月的卑尔根什么都好，就是雨天太多。那天也是晚上，郑怀一独自在雨夜中行走。他也没带把伞，样子十分的狼狈。他忽然听得背后有人在不紧不慢地跟着他，他走快，那人也走快，他走慢，那人也走慢，郑怀一心里开始发毛，他觉得自己的头发也一根根地竖了起来。

走到著名挪威音乐家格里格铜像前，后面跟着的那人忽然"哈"一声，紧上一步，把手中的雨伞向他递了过来，而郑怀一满心的紧张，居然像被谁碰到敏感神经一样，条件反射地大吼一声："你想干什么！"

一声大吼，把送伞过来的人吓得一哆嗦，那是一个高个的挪威老头，他在路灯下歪着头傻看了半天，满脸疑惑瞅着郑怀一，可能是在检查他是不是

精神有什么问题？然后嘴里用着挪威语客客气气地说着什么，又指了指对面的房子，把伞往郑怀一的手里一塞，就奔进对街的门洞里去了。原来这个挪威老头到家了，只是要把伞送给郑怀一这个"落汤鸡"罢了。

这时候，圣·斯捷潘教堂巨大的管风琴响了。郑怀一胸中突然涌出一股陌生的热流——自己本性善良，为什么如今却会处处怀疑别人的善良呢？他微微地叹了一口气……

生活小智慧
SHENGHUO XIAOZHIHUI

世事总是如此玄妙，自己本是善良之人却处处怀疑别人的善良。我们对自己的人格"沙化"早已是浑然不觉，以至于突然换个环境后，才猛然发觉除了饮食不习惯之外，我们也同样已经不习惯人们对我们的善举了。多一些沟通，多一些理解，你会发现这个世界很美好。

邻居与小狗

　　一连几天，许老板的心情都很不好。他情绪烦躁，吃不香睡不好，这种不良的心理状况直接导致他的健康状况每况愈下。他心里很清楚，自己原本是很健康很快乐的，可是自从沈经理搬来成为邻居后，自己就变成了现在这个样子。

　　那个可恨的沈经理本来和他一样开着一辆捷达车，没想到前不久竟然开了一辆新的宝马，那可是他梦寐以求的汽车啊！许老板知道，凭自己的经济实力暂时是享受不到宝马汽车的，但每天看着邻居神气的样子，他的心里实在是不好受。

　　于是许老板的朋友就送给他一只可爱的小狗，希望这样会让他慢慢好起来。许老板给小狗起名叫球球，他给球球买了很多它爱吃的香肠。可是自从见到了沈经理，它便再也不肯吃许老板买的这些东西了，而是总用爪子去敲沈经理的门。每次沈经理给它的东西它都吃得很香，就连给它一模一样的香肠，也很快被球球吃得精光。

　　球球几乎每天都会去沈经理家讨食物吃，直到沈经理摊开双手，表示他家里已经没有什么好吃的东西了。可是球球并不甘心，依然不停地用爪子去敲沈经理的门。沈经理只好拿一些吃剩的冷面包喂它。令许老板吃惊的是，

球球竟然连沈经理给的冷面包也吃！

许老板以为球球吃腻了好东西，更喜欢吃冷面包，也给球球冷面包吃，可是它却连看都不看一眼！许老板实在没有办法，只好敲开了沈经理的家门。

许老板说："沈经理，这只狗好像跟你很有缘，因为它现在不吃我的东西，它只吃你的东西。不如你就收养了它吧。"沈经理惊喜地问："你是说，将球球送给我？"

许老板说："是的。"尽管他的心里也很舍不得，但还是将球球送给了沈经理。可是还没过几天，球球便用爪子来敲许老板的门。许老板给了它一根香肠，它很快便吃了个精光。当球球吃完了许老板家里所有的香肠和狗粮后，许老板却再也不想给它买任何吃的东西了，因为它已经属于他的邻居沈经理。

一天，沈经理在后面追上要去上班的许老板，焦急地问："您家里还有香肠或者狗粮吗？"许老板摇了摇头。沈经理接着问："吃剩下的冷面包也行啊！"许老板还是无奈地摇了摇头。没办法，最后球球还是被许老板的朋友带走了。这位朋友告诉许老板，这只狗是科学家最新试验出来的一个新品种，因为给它加入了人类的"嫉妒因子"，所以它总是这山望着那山高，总以为别人的东西都是最好的。

许老板听了，心里很是惭愧，当即向沈经理道歉说："对不起，我不应该嫉妒你的宝马汽车。"可是令他意外的是，沈经理居然也向他道歉说："许先生，是我嫉妒你家的房子比我的漂亮，所以才将自己原来的汽车外加一个后花园卖掉了，才买来这辆宝马汽车的，好让自己的心理得到一点平衡。"说完两个人都哈哈大笑起来。

生活小智慧
SHENGHUO XIAOZHIHUI

妒忌，真是害人不浅。俗话说，妒火烧身。如果让嫉妒占据了整个心胸，就会出现忧愁、怀疑、自卑等不良情绪，人生中便少了快乐，多了郁闷，最后甚至会伤人伤己。好在这两位邻居有一个好朋友，巧妙的用一只小狗来调节平衡，才消除了这种有害的妒忌心理。

善良融化妒忌的坚冰

  在偏远的农村，要想苦读寒窗顺利地考入大学，是一件很不容易的事情。每年能有一两个人如愿以偿就算很好了。更多的莘莘学子只能在名落孙山中一蹶不振，有很多人会在较长的一段时间里打不起精神，整天浑浑噩噩，就像一棵蔫了的草，甚至对生活失去了信心。

  杜林也是其中的一个，他在深深的妒忌中垂头丧气，恨不能撕毁课本、彻底认命，甚至下决心与庄稼为伍，再也不去读书。而杜林的父亲却非常乐观，他不但没有责怪杜林，还乐呵呵地拉着他的手说："孩子，你还年轻，要想种地也不差这一年，咱们再复读一年，兴许就能考上的！人活一世不容易，哪还有过不去的坎？三十年河东，三十年河西，哪里的土地还不长个庄稼！"

  爸爸从不在杜林的面前提及任何有关于落榜之类的字眼，他在小心地呵护儿子最初的自尊心。就这样，杜林内心深处那种看不见的坚冰，被父亲无微不至的关爱，一点一点地瓦解了。在父亲的鼓励下，杜林重新拿起了书本。为了送他上学，父亲还特意刮了胡子、梳洗一新，穿上只有在节日里才穿的新衣服。杜林明白父亲的心意，他是想要鼓励儿子打起精神重新开始。

　　父亲一直都是乐呵呵的，在杜林上车的时候，拍了拍他的肩膀说："你肯定能行！"九月的朝阳，将父亲的身影勾勒得格外耀眼，杜林的心中热热的，鼻子忽然就酸起来，眼里一下子噙满了泪水……父亲的信任就像一股神奇的力量，一下子注入儿子的体内。从那以后，杜林再也没有什么理由不鞭策自己，再也不好意思找任何借口偷懒，因为耳边总是时不时地响起父亲的话："你肯定能行！"

　　可是上半年期末考试成绩并不理想，杜林满心愧疚地回到家里，把自己的成绩如实相告，父亲沉默良久，还是笑呵呵地说：："没事的，你努力，别人也同样在努力啊！"杜林忽然明白，其实自己的努力很不够……

　　放假回家的时候，杜林陪着父亲一起在河边放羊，父亲的话很少。他们坐在河边的一块大石头上，看着河面上结得厚厚的冰，父亲突然问："你知道冰是什么时候开始融化的吗？"杜林脱口而出："天气变暖，气温升高的时候。"父亲却笑了："不，孩子，你错了。冰并不是一夜之间融化的，实际上是在最冷的那一天，冰就开始在融化了。就像你没考上大学，那个失败就和寒冰一样冻结在你的心里。可是，没有一种冰能不被阳光融化的，只要你相信自己，你心里的坚冰就一定会化掉的！孩子，你必须忘掉你曾经的失败！"

　　父亲的话使杜林一下子豁然开朗，他发现，自己心里深藏着对当年考入大学的同学的强烈羡慕和嫉妒，以至于心中老是潜藏着阴影，常常不能集中精力……

最后半年的冲刺，再也没有什么能够阻止杜林的学习了，他终于如愿以偿，考出了全校最好的成绩。

SHENGHUO XIAOZHIHUI

父亲就像一头勤恳善良的老黄牛，肩负着生活的重担，也肩负着儿子对未来的信念，不知疲倦地在生活的阡陌上，耕耘着自己那几亩并不肥沃的土地。杜林就像因一时的风雨而倒伏的秧苗，被父亲善良的大手轻轻地扶起……

嫉妒害死庞涓

战国时期，孙膑和庞涓都拜世外奇人鬼谷子先生为师，在一起学习兵法，两人情谊深厚，并结拜为兄弟，孙膑稍年长为兄，庞涓为弟。

有一年，魏国国君以优厚的条件招求天下贤才到魏国做将相，庞涓再也耐不住深山学艺的艰苦与寂寞，准备下山去谋求富贵；孙膑则觉得自己学业尚未精湛，还想进一步深造。庞涓只好一个人到了魏国，并受到了魏王的赏识。孙膑却仍在山中跟随先生学习，他原本就比庞涓学得扎实，加上先生见他为人诚挚正派，又把秘不传人的三篇孙子兵法细细地让他学习、领会，因此，孙膑的才能远远超过了庞涓。

有一天，魏国的大臣带着丰厚的礼物，代表魏王迎接孙膑下山。孙膑受到老师鼓励，就秉承师命，跟随魏国使臣下山。孙膑到了魏国，先去看望庞涓，并住在他的府里。庞涓表面表示欢迎，但心里很是不安，心中非常不快，唯恐孙膑抢夺他一人独尊独霸的位置。

当庞涓得知自己下山之后，孙膑在先生的教诲下，学问与才能更高于从前，心中更加妒忌。由于魏王十分器重孙膑，使庞涓产生了更为强烈的危机感，于是他下定决心要除掉孙膑。他仿照孙膑的笔迹写了一封思念家乡、急于离开魏国的家书呈给魏王以此栽赃孙膑，魏王看后大怒，孙膑被

处以膑刑。

庞涓假意收留了孙膑，孙膑对他感激涕零，但实际上庞涓只是在监禁孙膑。孙膑在得知真相后，想到用装疯的办法迷惑庞涓，暗中将已经抄录给庞涓的兵法全部烧毁。在几经试探都没有发现破绽之后，暗中监视孙膑的庞涓信以为真，以为孙膑真的疯了。

后来，对孙膑的才能与智谋非常了解、并向魏王推荐孙膑的墨子，将孙膑的境遇和他的杰出才能，通过齐国的大将田忌，报告了齐威王，请求齐威王无论如何也要把孙膑救出来。于是乘夜里庞涓疏忽，齐威王派人假扮孙膑，把真孙膑救了出来，脱离了庞涓的监视后，一路快马加鞭，迅速载着孙膑逃出了魏国，直奔齐国而去。

庞涓视孙膑为眼中钉，无时无刻不想置孙膑于死地，却在马陵道之战中，中了孙膑的埋伏。万箭之下，庞涓无路可逃，最后自杀身亡。

生活小智慧 SHENGHUO XIAOZHIHUI

庞涓可谓"妒人之能，幸人之失"，最终却落得身败名裂、自杀身亡的下场。假如他能够容得下孙膑，又怎会有如此惨痛的结局？嫉妒其实就是一些人心态不平衡的表现，是一种有百害而无一利的病态心理，对一个人的成长有着极大的害处。

功臣的退让之术

在明朝的正德年间，朱宸濠开始起兵反抗朝廷，王阳明奉命率兵前去征讨，一举擒获了朱宸濠，立了大功。当时受到正德皇帝宠信的江彬，十分嫉妒王阳明的功绩，认为是他夺走了自己大显身手的好机会，于是他就四处散布流言说："最初王阳明和朱宸濠是同党，后来听说朝廷要派兵去征讨，才反过来抓住朱宸濠以邀功。"他这样做的目的，就是想倒咬一口嫁祸于人，想以此为借口，乘机抓住王阳明，作为自己的一大功劳向朝廷邀功求赏。

王阳明早已看出江彬的意图，就悄悄地与张永商议道："如果我退让一步，把擒拿朱宸濠的功劳让给你，江彬他们就无话可说了，这样就可以避免很多不必要的麻烦。不然的话，假如我继续坚持下去，不做这种妥协，江彬等人就要狗急跳墙，做出伤天害理的勾当来。"于是，王阳明将朱宸濠直接交给了张永，他重新向皇帝报告说："朱宸濠被捉住了，是总督军门的功劳。"这样，江彬等人便没有话说了。

然而事情还没有完结，由于江彬的诬陷，皇帝对王阳明已经不再信任，王阳明只好继续退让称病，到净慈寺去休养。等张永一回到朝廷，就向皇帝大力称颂王阳明的忠诚，和他让功避祸的高尚事迹。最后，皇帝终于明白了

事情的始末，免除了对王阳明的处罚。

就这样，立了战功的王阳明，以自己智慧容忍的退让之术，避免了一起因江彬嫉贤妒能而飞来的横祸，他成功地既保护了自身不受伤害，也使小人失去了做坏事的机会。

生活小智慧 SHENGHUO XIAOZHIHUI

退让不仅是一种宽容忍耐的机智，也是一种坚韧的毅力和顽强的意志。面对人生复杂多变的形势，人们既需要慷慨陈词，也需要沉默不语；既需要穷追猛打，也需要退步自守；既需要竞争，也需要退让，这才是长久安乐的源泉。

心美一切皆美

　　快乐的美是主观的，它存在于人们的内心世界中。人生要过得五彩缤纷，需要调整好你自己的情绪。境由心生，一个微笑，一声问候，一个会心的眼神……让人感到这个世界是多么的美好。保持美好的心态，就能拥有快乐的心情。

飓风席卷之夜

    一位名叫戈尔的农场主，在大西洋的岸边新开了一片农场，他想招募几个能干的帮手，却因为大西洋风暴常起，那里的庄稼和牲畜都很不好管理，所以他一直都雇不到人为他帮工。怎么办呢？戈尔一筹莫展，想来想去决定在电视上刊登个招聘启事，以便在更广的范围内尽快地寻找到雇工。过了一个星期，终于有一个身材很矮的男人前来应聘了。

    戈尔看着他既不高大也不太壮实的身体，带着怀疑的口吻问道："你干活没问题吧？"

    "当然没问题了，你可以完全相信我。告诉你吧，就算是飓风来了，我都能照样安睡。"小个子男人以一种令戈尔不怎么喜欢的语调答道。

    尽管戈尔很不喜欢他那副过分自信的样子，但由于应聘的人太少，而他的新农场也太需要帮手了，他还是把这个人留了下来。

    一晃半个月过去了，看到这位工人手脚勤快，每天都把各处打理得井井有条，戈尔才渐渐地放下了心。就这样，在第一个月即将结束的时候，戈尔打算正式雇用这个人。但是他觉得还不能最后作决定，因为他认为还应该再经历一次暴风雨的考验，他才能彻底放下心来。不久以后的一个晚上，大西洋里果然狂风四起，眼看着一场罕见的暴风骤雨就要来了。

飓风就要席卷农场了，可那位长工却依旧不慌不忙、无动于衷，戈尔一下子就急了。他怒气冲冲地跑到长工那里，抬起一脚就踹开了他的房门，冲着他大吼道："快起来吧！难道你听不到外面正在刮着大风吗？快！在它卷走农场里所有的东西之前，你快去把那些东西都给我拴好！"

正在呼呼大睡的长工，一下子就被雇主的怒吼给惊醒了，他猛地一下坐起来看了看，却又很快地躺了下去，梦呓一般地说道："先生，请把你的声音放低点。我不是告诉过你吗？即使是飓风来了，我也照样能够安睡的！"说完，他便闭上了眼睛，一会就又打起了呼噜。

戈尔气得直跺脚，险些背过气去，但是情况危急，已经容不得他再拖延了。为了不使农场受到损失，他只好一个人慌慌张张地跑了出去。当他强压着怒火跑进了牲畜棚，眼前的情景却让他一下子愣在了那里：所有的马和牛都在棚子里，每一只都拴得结结实实的；所有的羊都进到了羊圈，圈门的外面还严严实实地压上一大块油毡纸；而另一间屋子里，那堆得像小山似的干草，早就被长工盖上了厚厚的防水布；每一道房门、每一扇窗户都已经用粗绳子给绑得结结实实的。看上去，没有任何东西能被大风吹走。

戈尔愣过之后，顿时怒气全消，一个人站在那里哈哈大笑着喊道："加

薪，一定要给他加薪！"说完，满心欢喜地向屋子里走去。

　　时时刻刻都做好准备，那么即使遇到飓风突袭，也不会有丝毫的慌张。就像在人的一生当中，各种暴风骤雨随时都可能出现在我们的面前。如果我们能在自己的心理承受能力、身体素质和知识素养等各方面都做好准备，那么，还会有什么能够使我们悲伤忧虑的呢？

解开心灵的枷锁

　　有一位名叫杰克的推销员，在他开始从事这份推销工作之初，常因为自卑而给生活带来很多苦恼。每当杰克站在某位大人物面前，就会变得局促不安，结结巴巴的不知道在说什么。虽然对方常常亲切地款待他，但他总觉得站在人家面前自己会变得很渺小。他透露当时的心情说："在那些人面前，我觉得自己好像是个小孩。由于这种自卑感作祟，我经常脑袋里一片空白，原已演练多遍的推销辞令都变成乱无章法的喃喃自语。坐在大人物面前，感觉自己在不断地缩小，而对方都变成了可怕的巨人！"

　　杰克说："这种现象我不能再让它持续下去，因为我惊觉如果不想办法扭转逆势，这份工作再干下去也没什么意思。那时候我也快被自卑感逼至崩溃边缘，但我转念一想，把大人物看成是穿开裆裤的小娃儿又会是什么情况？"

　　于是，从杰克开始有了这种想法后，便开始尝试，没想到效果出奇的好。当然，并不能把顾客们当成真正的小孩子。只是在杰克眼里他们都成了十四五岁的毛头小伙子。之后，事情真的有所转变，他们都像朋友一般，说起话来非常自然。杰克也一样，自从能站在平等立场与他们交谈之后，他的心情就变得轻松自然多了。从此之后，杰克的观念有了180度大转变，自卑

感也不见了，还取得了很好的推销业绩。

生活小智慧
SHENGHUO XIAOZHIHUI

　　不怕做不到，就怕想不到。很多时候，不是我们没有能力，而是我们不相信自己的能力，结果往往错失良机，后悔不已。其实，只要对自己有信心，像杰克一样成功并不难。

雕塑家的变化

　　有一位雕塑家，他忽然发现自己的面貌越来越丑了。他说的这个"丑"，并不是指他的肤色和五官，因为他的长相还是很不错的，这个"丑"是指他的神情、神态，怎么看都那样的"狡诈""凶恶"和"古怪"。

　　于是他遍访名医，却都没有什么办法。无论吃药也好、整容也好，都无法医治他内在的问题，表现在脸上，就是五官之间的"关系"——所有的人都无法医治他的愁眉苦脸，更无法医好他"满脸横肉，凶神恶煞"的气质。

　　一个偶然的机会，他在游历一座庙宇的时候见到一位慈眉善目的长老，就把自己的苦衷向这位长老说了。长老说："我可以治好你的'病'，但也不白治，你必须为我先做一点事情——为寺庙雕塑几尊神态各异的观音像。"

　　雕塑家接受了这个条件。他开始查找资料，了解到在中国千百年的传统文化中，观音就是慈祥、善良、圣洁、宽仁、正义的化身，所以观音的面相神情，自然也是人们心中的这些概念的形象化、具体化。

　　雕塑家在塑造的过程中不断研究、琢磨观音的德行言表，不断地在心中

模拟观音的心态和神情，很快他就达到了忘我的程度，他甚至觉得自己就是观音的化身。

就这样，在忘我忙碌了半年之后，他的工作也基本完成了。这时候，他惊喜地发现，自己的相貌已经变得神清气朗，端正庄严。于是，他非常感谢长老治好了他的病。

"不，"长老说，"其实是你自己治好的。"

听了长老的话，雕塑家忽然找到自己"变丑"的病根——原来在过去的两年里，他一直都在雕塑夜叉！正所谓"相由心生，相随心灭"，此言果然不虚。

生活小智慧
SHENGHUO XIAOZHIHUI

世界上唯一能左右你的，除了你自己的心态再无其他。人的心态和相貌与行为是紧密相连的：美好的心态会使你和颜悦色，积极的心态会引导你积极的思维和行为，而积极的思维和行为也必然会使你养成美好开朗的心态，所以我们在任何时候都要保有一个美好的心态。

幸福的秘密

　　有位少年想要讨教幸福的秘密，于是他就赶往世界上最有智慧的人那儿。少年在沙漠里行走了一个多月，终于来到一座位于山顶的美丽城堡。少年并没有见到智者，但他目睹了一个热闹非凡的场面：他走进一间大厅，商人们进进出出，每个角落都有人在交谈，一支小乐队在演奏轻柔的乐曲，一张桌子上摆满了美味佳肴。

　　后来少年才发现，那位智者正在一个个地和人谈话，所有的人都有机会，他等了两个小时才轮到。智者认真地听了少年来访的原因，却说此刻他没有时间向少年解说幸福的秘密。他建议少年在他的宫殿里转上一圈，两个小时后再回来找他，"我要你办一件事，"智者边说边把一个汤匙递给少年，并在里面滴了两滴油，"当你走路的时候，拿好这个汤匙，不要让油洒出来。"

　　少年拿着汤匙沿着宫殿的台阶不停地走着，眼睛始终紧盯着汤匙不放。两个小时后，他回到了智者的面前。智者问道："你看到了我餐厅里的波斯地毯了吗？看到园艺大师花了上千年的心血创造出来的花园了吗？注意到我图书馆里那些美丽的羊皮纸文献了吗？"

　　少年十分尴尬，坦率地承认他什么也没有看到。他当时唯一关注的是不要让油从汤匙里洒出来。

"那你再回去见识一下我这里的种种珍奇之物吧。"智者说，"如果你不了解一个人的家，你就不能信任他。"少年一听，心里轻松多了。他拿起汤匙重新回到宫殿漫步，他注意到天花板和墙壁上悬挂的所有艺术品，观赏了花园和四周的山景，看到了花儿的娇嫩和每件艺术品都被精心地摆放在恰如其分的位置上。当他再回到智者的面前，少年详细地讲述了他所见到的一切。

"可是我交给你的两滴油在哪里呢？"智者问。少年朝汤匙里望去，发现油已经洒光了。

"对，这就是我要给你的忠告，"智者说，"幸福的秘密是在于，你要欣赏世界上所有的奇观异景，同时永远不要忘记你汤匙里的两滴油。"

做真正的自己，不被外界搅乱自己的心情，不在乎别人的赞誉与吹捧，更不在乎别人的批评和攻击，这样的人才是真正快乐的人！生活就是这么简单，任凭世事纷纭，你都要好好把握你自己，千万别忽视了自己。

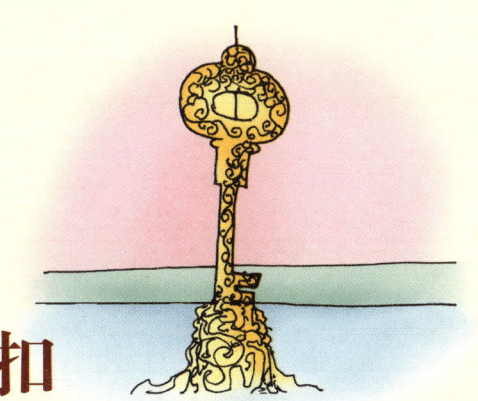

穿越时间的纽扣

有个年轻人性格非常急躁，做什么事都安不下心来。有一次，他与朋友约好见面，由于他来得早了些，可他性子急，所以一个人在树下坐立不安，转来转去的。

这时候，有一位白眉垂肩的老道士来到他的身边。老道士不知从哪里拿出一枚纽扣对年轻人说："你要是不想等待，只需把这颗纽扣向右一转，你就能随意穿越时间了。"

年轻人想：我该不会真遇到罗汉大仙了吧？他就试着将纽扣一转，哈！他朝思暮想的美丽姑娘出现了，正在向他频送秋波。他心里想要是现在能进行婚礼，那就更好了。转了一下纽扣，于是他一下就进入到了隆重的婚礼中，丰盛的酒席，众人的恭贺……他和姑娘并肩而坐，周围管乐齐鸣，悠扬醉人。他抬起头，盯着妻子的双眸，又想现在要是只有我俩该有多好。他悄悄地又转动了一下纽扣：立刻夜阑人静……

年轻人真是喜上心来！他飞速地转动纽扣，他有了儿子，后来又有了孙子，转眼间已是儿孙满堂。然后又四处为官，到处受人吹捧，纽扣转到最后，年轻人已是老态龙钟、卧在病榻，几个不孝的儿子已经把家产挥霍一空，还狠心地把他扔到荒郊野外。又饿又累的老人终于仰面跌倒，被乌鸦老

鼠咬成一堆破烂的白骨……

年轻人看得头皮发麻，心底直冒冷汗。

"怎么样啊？"老道士这时候开口问道："年轻人，你还想不想让时间再快些呢？"

"天！我都死了，还快个啥呢！"年轻人一下子就像泄了气的皮球。正当他万念俱灰的时候，老道士上前收回了他的纽扣，于是年轻人又回到了那棵生机勃勃的树下，继续等待着他的好朋友。这时，年轻人忽然觉得沐浴在和煦的阳光下，听着鸟鸣，看着花草间飞舞的蝴蝶，感受着心脏的跳动，这是多么幸福的一件事啊！

通过这人生快镜头的一场虚惊，这个急躁的年轻人终于明白了：人生的过程其实是一个让你慢慢地体会幸福感的过程。一味追求结果，就会忽视过程的美妙，这样的人又怎么会领略到人生的痛苦与幸福、期盼与向往的滋味呢？

心美一切皆美

　　在一个遥远的小山村里，有一位平时很喜欢把自己打扮得干净利落的女人突然得了乳腺癌，她非常难过，却不得不去医院做了左乳切除手术。伤口痊愈后，她下地走路时却发现，自己的身体不自觉地在向右边倾斜。她知道是自己的乳房太大，忽然少了一侧，身体打破了原有的平衡而发生的偏沉。

　　然而让她更为苦恼的是，她的身体两边极不对称，左边的胸前瘪塌塌的，右边却鼓鼓的，穿起衣服来很是别扭难看，可是她又舍不得花钱买义乳。

　　怎么办呢？她想来想去，决定自己做一个。于是她从家里找出芝麻、蚕豆、玉米、小麦、绿豆等种子，分别做试验，往左边乳罩的罩口里装了满满的种子，然后再缝合罩口，戴在身上测试一下身体的美感及平衡效果。一种一种的试，最后选定绿豆作为乳罩的填充物。

　　戴上了自制的"绿豆乳罩"，她非常高兴，仿佛找回了那份作为女人充满自信的美丽。她无论是下地干活，还是串门赶集，时时刻刻都戴着那副"绿豆乳罩"。

　　一天晚上，她摘下乳罩准备睡觉时，却惊讶地发现——乳罩里的那些绿豆竟然发芽了！怎么办呢？一觉醒来，她就想出了好办法。第二天，她先把那些绿豆炒熟了，然后再放进乳罩里。可是不久又发现，她的身上始终有一种熟绿豆的香味挥之不去。只要她一出现在人群里，人们总会耸着鼻子好奇地问：谁兜里揣着熟绿豆？好香啊！快点拿出来让大家尝尝……弄得她很是尴尬。

经过多次的试验，她很快找到了一个折中的好办法，就是在炒绿豆的时候，只把绿豆炒到七八成熟的样子，这样的绿豆放进乳罩里，既不会发芽，也闻不到香味。费尽思量解决了绿豆乳房与自己身体相兼容的难题，这位爱美的女人终于松了一口气。

一家女性刊物的记者了解到这件事后，大老远地赶来采访这位村妇。记者最后提出要给她拍几张照片，她一听，一下子激动得满脸绯红，毕竟在这偏僻的村庄里，很少有照相的机会。她抻抻衣角、捋捋头发，然后选了一丛芍药花，淳朴自然的姿势显得人更为美丽。望着镜头里那朵火红的花儿衬托着那张自信的笑脸，不知怎么，记者的视线竟然有些模糊……

这位记者在文章中写道："我是怀着一种敬仰和感动的心情对她进行采访的，在为她的遭遇感到心酸的同时，又被她乐观而不屈的精神所鼓舞并深感欣慰。这样一个在贫困交加的境地里挣扎的女人，却依然向往着美丽，顽强地追求着美丽……"

如果心美，那么一切皆美。顽强的生活态度使她对美有着执著的追求，就像她拥着花拍照的美丽身影。因为她的精神不败，所以当挫折到来的时候，她不仅能够坦然地面对，而且还在用自己美好的情怀与智慧，和一双勤劳的巧手，努力地重塑自己美丽的人生。

武媚娘慧眼识人才

　　骆宾王在徐敬业手下时，为他起草了一份讨伐武媚娘罪状的檄文。檄文传到朝廷后，武媚娘一边读着檄文，一边开心地笑着，一副完全不放在心上的样子。当她一直读到"一抔之土未干，六尺之孤安在"直指唐高宗刚刚下葬，他的太子就已经被废的这句话的时候，她才忽然吃惊地说道："这是谁写的？"有人报告说是骆宾王所为。武媚娘却完全不被檄文激怒，反而被檄文的文采所吸引，满心感叹地说道："宰相怎么能埋没这个人才！"

　　武媚娘身为一代女皇，她爱惜人才、知人善用，眼光是相当独到的。她提拔了很多贤良的人才，像狄仁杰、上官婉儿等等，都是首屈一指的杰出人才。当心胸开阔的武媚娘读到那些对她声声责骂的语句时，不但没有动一丝的怒气怪罪他，反而被骆宾王那铿锵有力、掷地有声的檄文所吸引，不由得激发出她对人才的珍惜之美意，决定不以恩怨论人，唯才是用。于是武媚娘派人四处寻找，打算任用他，可是骆宾王却始终下落不明，最后也只好作罢。

　　武媚娘的确是有一双慧眼，仅从一篇檄文就能看出骆宾王的才华，这也不是一般人能做到的。骆宾王是唐代的一位著名诗人，他才华出众，传说在徐敬业兵败之后，他就削发为僧。有一次诗人宋之问路过浙江，想写诗来描述钱塘江潮的壮观景色，但是有一联总是觉得写不好。这时，一位老僧指点道："楼观沧海日，门对浙江潮。"这两句诗，使宋之问的整首诗立刻犹如画龙点睛，境界非凡，后来宋之问才听说，那位老僧就是骆宾王。

生活小智慧

SHENGHUO XIAOZHIHUI

武则天是中国历史上唯一的女皇帝，她67岁即位，也是继位年龄最大的皇帝。终年82岁，又是寿命最长的皇帝之一。武媚娘是一位女诗人，李白把武后列为唐朝"七圣"之一。海纳百川，有容乃大。对待与自己为敌的人也有博大的胸怀，可见其不凡的境界。

一幅挽救少女的画

　　有一位少女对生活产生了极度厌倦的绝望情绪，她看不到人生中的任何希望，准备以投湖的方式自杀。来到湖边，她遇到了一位正在写生的画家，画家正在专心致志地画着一幅画。这个少女感到厌恶极了，她就鄙薄地瞥了画家一眼，心想：真幼稚，那鬼一样狰狞的山又有什么好画的呢？那犹如坟场一样荒凉的湖面，又有什么值得他画呢！

　　这位画家早就注意到这位少女的存在和她极度消沉的情绪，但他依然神情怡然地画着画。过了一会儿，他对少女说道："姑娘，来看看我的画吧！"

　　于是她就走了过去，傲慢地鄙视着画家和画家手里的画。可是，当少女看见那幅画时就完全被画给吸引住了，竟然将自己想要自杀的事情忘得一干二净，她真的没发现，世界上竟然还有这样美丽的画面——他将少女眼中"坟场一样"的湖面，画成了有如天上的宫殿一样的仙境，将那"鬼一样狰狞"的山，画成像仙女一样美丽、长着翅膀的女人，最后，画家将这幅画命名为《生活》。

　　凝视着那幅画，少女觉得自己的身体在变轻，整个人都在飘浮。她渐渐地感到自己就是那袅袅婀娜的彩云……

少女已然陶醉在画家的画中。良久，画家却突然挥笔，在这幅美丽的画上点了一些脏乱的黑点，好似污泥，又好似蚊蝇。可是少女却惊喜地说道："啊！星辰和花瓣！"

画家听完，满意地笑了："是啊，美丽的生活是需要我们自己用心去发现的呀！"

生活中并不缺少美丽的风景，只缺少能够发现美景的眼睛和发现美好事物的心灵。我们只有用积极的、真诚的、美好的心态去体验生活、赞美生活，才会发现在人生的道路上，其实处处都有着美丽动人的景致。